계절과   음표들

계절과 음표들 : 마음을 일으키는 힘

교회인가: 2023년 6월 24일 천주교 의정부교구장 이기헌 베드로 주교

초판 1쇄 발행 2023년 8월 10일
초판 2쇄 발행 2023년 10월 1일

지은이 최대환
펴낸이 전지운
펴낸곳 책밥상
디자인 즐거운생활
등록 제 406-2018-000080호 (2018년 7월 4일)
주소 서울시 은평구 녹번동 79-39 다원오피스 301호
전화 010-8922-2446
이메일 woony500@gmail.com
블로그 https://blog.naver.com/woony500
인스타그램 https://instagram.com/booktable1

ISBN 979-11-91749-19-9 03800 ©2023 최대환

책밥상
BOOKTABLE

《계절과 음표들》은 책밥상의 열여섯 번째 책입니다.
독자분의 생각을 살찌워 삶의 힘을 기르는 데 꼭 필요한 책이기를
간절히 바라는 마음을 담아 정성스레 차려냈습니다.
읽어 주셔서 고맙습니다. 잘못된 책은 바꾸어 드립니다.

계절과　음표들

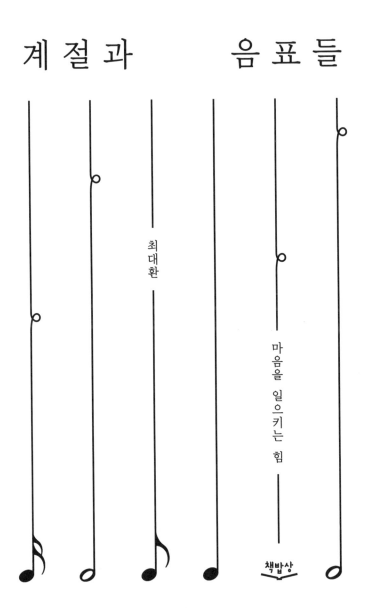

최대환

마음을 일으키는 힘

책밥상

우리 마음 안에 있는 계절과 음표에

귀를 기울인다면

일으키고 나아가는 힘을 얻을 것입니다.

'내 마음의 계절'을 찾아서

영국의 시인 존 키츠는 '인간의 사계절'에서 사람에게도 계절이 있다고 노래합니다. 요절한 젊은 시인의 시에는 무르익은 인생을 다 살아낸 듯 원숙하고 그윽한 지혜가 인생의 봄, 여름, 가을, 겨울에 따른 절묘한 묘사 안에 담겨 있지요. 천재의 직관은 때때로 나이를 넘어서는 모양입니다. 저도 시인이 일깨우는 인생과 마음의 사계절에 공감하게 됩니다.

사람은 평생을 살며 '인생의 사계절'을 거치는가 하면, 한 해를 지낼 때도 '마음의 사계절'을 경험합니다. 내면에서 일어나는 계절의 변화는 깊고 울림이 있는 마음에 삶을 일으키는 힘을 깃들게 합니다.

사람의 마음을 두드리는, 새로운 계절을 알아채기 위해서는 자연이 보여주는 계절의 변화에 무심하지 말아야겠지요. 지난 몇 년간 계절이 바뀌는 표지들을 점점 더 섬세하고 찬찬히 감지하려 애쓰고 있고, 여기에서 큰 기쁨과 위안을 얻습니다. 신학교 성곽 벽 앞에 서 있는 몇 그루의 아름다운 나무들이 저에게는 계절의 변화를 알려주는 각별한 표지입니다. 무심하게 종종 걸음으로 걸어가다 문득 나무들이 달라진 모습이 스쳐가는 것을 포착하게 되는 순간이 있습니다. 그때는 잠시 가만히 서서 나무를 올려다보고, 또 사진을 찍어두기도 합니다.

사진을 정리하는 습관이 없는데도 담벼락 옆에 서 있는 나무들은 매년 계절이 바뀌는 조짐이 느껴질 때마다 틈틈이 사진에 담아 간직합니다. 가끔 시간을 내서 계절을 거치며 찍어두었던 나무의 사진들을 여러

장 모아서 바라보기도 합니다. 시간에 따른 계절의 변화를 나무의 사진들을 통해 한눈에 보다 보면, 그 계절에 있었던 일이나 감정들도 함께 기억이 나서 마음이 뭉클해져 옵니다.

　그중에 모든 잎을 다 떨어뜨리고 앙상한 모습으로 가을과 겨울을 거쳐 초봄까지 처연하게 서 있는 나무가 있습니다. 이 나무는 계절이 바뀌는 것이 당연하고 익숙한 일이 아니라, 놀라운 선물이라는 것을 매년 실감하게 합니다. 올해도 절기로는 봄이 되고 한참 날들이 지났는데도 이 나무는 푸르른 잎새 하나가 없이, 둥치를 감고 있는 담쟁이만 생기가 올라 보였습니다. 이제 말라죽은 고목이 되었나, 라고 어두운 마음으로 걱정을 하던 차에 어느새 드디어 다시 파릇하게 잎이 나기 시작했습니다.

　의심과 불안은 사라지고 경탄이 저 깊은 진심에서부터 터져 나왔습니다. 존재의 생명력이 눈앞에 현현하는 것을 본 놀라움입니다. 매년, 그러나 새롭게, 놀라고 고마워합니다. 이제 날들은 여름으로 치닫고, 이 근사한 나무는 튼튼한 밑동에서부터 날렵한 가지까지

온통 신록으로 가득합니다. 이렇게 나무를 바라보며 계절을 함께 호흡하는 가운데 '내 마음의 계절'들도 감지합니다. 그런 변화와 흐름과 순간들은 우리 마음을 일으켜 줍니다.

　계절들이 잊지 않고 찾아와 자신의 일을 하고, 또 다음 계절에 미련 없이 자리를 넘겨주는 것을 보고 겪으며 마음이 배우는 것이 많습니다. 왠지 모든 게 막혀 있고 제자리에서 빙빙 돌고 있다는 느낌이 들 때, 산책을 하며 조금씩 변모해 가는 나무들을 물끄러미 바라보면서 감정과 사유에 새로운 바람이 불어오도록 마음을 열어두려는 것은 어느덧 삶의 '리추얼'이 되었습니다.

　사람의 마음에는 계절만이 아니라 '음표' 역시 보이지 않는 곳에 소중하게 간직되어 있다고 믿습니다. 작곡가의 손을 떠난 악보의 음표들은, 음악가의 연주로 피어나기를 기다립니다. 마찬가지로 마음에 내려앉고 새겨져 있는 음표들 역시 그 숱한 내면의 부침 속에서도 연주하고 노래하고 꽃피우기를 기다립니다. 마음의 깊은 곳에서 음표가 마법에서 풀려나듯 조용히 음악으로 변모되면, 일상에서 소진된 정서와 조각조각 수많은 일들에 분산된 사유가 힘을 얻고, 우리는 꿈꾸고 희망하던 고귀한 대상으로 나아가게 됩니다.

'계절'과 '음표'를 '마음의 힘'의 상징으로 삼아 책을 냅니다. 지난 몇 해 동안 쓴 글들을 바탕으로 고쳐 쓰기도 하고 발전시키기도 하면서 계절의 흐름에 따라 마음에 새겨진 음표가 들려주는 소리를 듣고자 했습니다.

책은 I부와 II부로 나뉘어 있습니다. I부에 있는 열두 편의 글들은 대체로 음악에서 시작해 마음에 떠오른 생각들을 음미해 보았습니다. II부에 있는 네 편의 글들은 느슨한 형태긴 하지만 일종의 '여가의 철학을 위한 시론試論'이라 할 수 있습니다. 사유에서 글을 시작해 그 사유에 벗이 될 만한 음악들을 초대하려고 했습니다.

지난 몇 년간 모두들 여러 제약 속에 어려움이 많은 시간을 보냈습니다. 팬데믹이 끝났다고 선언하지만, 우리의 삶에는 여전히 많은 난관과 과제들이 있습니다. 마음이 힘을 다시 찾으면 좋겠습니다. 우리 마음 안에 있는 계절과 음표들에 귀를 기울인다면 일으키고 나아가는 힘을 얻으리라 생각합니다. 이 부족한 글이 조금이나마 이를 위한 영감이 되어줄 수 있다면 저에겐 과분한 기쁨입니다.

아름다운 책이 되도록 편집과 구성에 애쓰고, 많이 늦어지는 원고를 인내와 응원으로 기다려 주고 저자보다 더 책이 나오기를 열망하신 '책밥상'의 전지운 대표님께 고마운 마음을 전합니다. 에릭 로메르의 '사계절 이야기' 연작이나 비발디의 '사계'를 닮은 경쾌하고 날렵한 글을 써보겠다는 약속은 못 지켰지만, 그래도 독자들이 글을 읽으시며 가끔씩 마음의 계절 안에서 '가뿐함'을 느끼실 수 있다면 대표님의 적절한 조언 덕이라고 생각합니다.

2023년 여름의 한가운데에서

최대환

음표들, 삶을 가꾸는 기술

계절들,

삶을 일으키는 힘

세잔의 그림이 있는 여름이라면

여름이 되면 폴 세잔Paul Cézanne(1839-1906)의 그림을 봅니다. 그가 생트빅투아르St.Victoire 산을 그린 그림들을 보고 있으면 정신이 맑아지고 마음이 즐겁습니다. 이 화가의 손에는 시인과 철학자, 그리고 과학자의 눈이 모두 깃들어 있는 듯합니다. 익숙한 풍경에서 새롭게 본질을 보도록 이끌어 주는 세잔의 그림에는 좋아하는 마음이, 이해하는 마음으로 나아가게 하는 힘이 있습니다.

세잔의 여러 그림 중에서도 그가 그린 생트빅투아르 산의 그림들은 처음 보았을 때부터 매혹적이었고 그저 좋았습니다. 그러면서도 난해하다는 인상 역시 꽤 오랜 기간 동안 가시지 않았습니다. 그러다 어느 날 장막이 걷히듯 그림이 자신을 열어 보인다는 확신이 드는 순간이 찾아왔습니다. 오히려 그림은 자신을 숨기려 한 적이 없으며 이전부터 나를 초대하고 있었구나, 하는 뭉클한 마음까지 들었습니다. 감각과 정신이 그림의 외적 형태와 내적 구조 모두에 젖어 들어 머물고 인식하는 즐거움에 눈을 뜨게 되었습니다. 감상이 더 이상 수고가 아니라 '도락'이 되었습니다. 이러한 순간이야말로 예술작품이 주는 최상의 선물입니다.

생트빅투아르 산은 세잔이 말년에 가장 즐겨 그린 대상입니다. 그의 숱한 명화 중에서도 이 산을 그린 30여 편의 작품들은 독보적입니다. 생트빅투아르 산은 그가 태어나고 자랐으며 삶의 대부분을 보냈고 그의 명작들이 태어난, 프랑스 프로방스 지방의 엑상프로방스Aix-en-Province에 있습니다. 세잔의 마을인 엑상프로방스는 전원적 아름다움과 고대 로마의 흔적을 간직한 작은 도시입니다.

중년이 되어 세잔은 파리 생활을 청산하고 엑상프로방스로 낙향했습니다. 꽤 오랜 세월 동안 애썼지만 변방 지역 출신의, 배경도 인맥도 없는 무명의 늦깎이 화가였던 그는 끝내 파리 미술계에서 제대로 자리를 잡지 못했던 것이지요.

그는 중년의 나이에 명성과 성공에 대한 기대를 접고 이제 고향에서 오로지 예술적 이상만을 바라보고 정진하는 화가로서의 인생을 소명처럼 살기 시작합니다. 생애 마지막까지 엑상프로방스 시내의 작은 아파트와 근교 언덕길 어귀에 있는 소박한 아틀리에, 그리고 그에게 인생의 '모티프'였던 생트빅투아르 산을 가장 잘 그릴 수 있는 장소로 이어지는 산길을 오가며 그림에 매진했습니다.

그는 은거의 삶을 선택했지만 사람들은 그의 그림이 시대를 바꾸고 있다는 것을 발견합니다. 변방에서 외롭고 묵묵하게 작업해 온 그는 단지 훌륭한 그림을 그린 것만이 아니라, 그때까지 누구도 이루지 못한 방식으로 '보는 법'을 찾았고 새로운 세대를 위한 예술의 길을 열었습니다. 그가 미술사의 새로운 장을 열었다는 것을 마침내 미술의 중심지인 파리에서 활동하는 자부심 강한 예술가와 평론가와 화상들과 나아가 미술 애호가들도 깨닫게 됩니다.

1895년, 파리의 전설적 미술상인 앙브루아즈 볼라르Ambroise Vollard(1866-1939)가 마련한 세잔의 첫 번째 개인전은 당시 예술계의 일대 사건이 되었습니다. 이미 50대 중반이 넘는 나이가 되어 화가로서 처음으로 제대로 인정을 받은 것이었으니까요. 더 이상 세잔은 인상주의의 한 아류가 아니라, 현대미술을 상징하는 개념인 '모더니즘'의 진정한 시작이 되었고, 표현주의, 입체파, 야수파 등 그 이후 나타난 모든 미술적 움직임들, 마티스와 피카소와 칸딘스키에 이르는 빛나는 현대미술의 대가들 모두의 공통의 '아버지'가 됩니다.

화가들만이 아니라 문인들에게도 세잔은 깊은 존경을 얻습니다. 그가 의도하지 않았지만 그는 이미 현대예술을 예비한 인물로서 많은 젊은 예술가들에게 영감이 되었습니다. 현대시의 시작을 알린 인물 중 한 명이자 '시인 중의 시인'으로 꼽히는 오스트리아 출신의 위대한 시인 라이너 마리아 릴케는 그에게 영향을 받은 예술가 중 잘 알려진 예입니다.

릴케가 파리에 체류하던 시절, 그는 세잔의 타계 후 파리에서 열린 세잔 회고전에서 충격에 가까운 감명을 받았습니다. 릴케는 조각가인 아내 클라라에게 보낸 편지를 담은 서간집인 『아내에게 보내는 편지-세잔에 관하여』(옥희종 옮김, 가갸날, 2021) 안에서 이를 열광적으로 전하고 있습니다. 클라라에게 보낸 릴케의 편지는 세잔이 생애의 마지막에, 그리고 사후 빠른 시간 안에 얻게 된 영향력에 대한 생생한 증언입니다.

예술가나 전문적 식견에 이른 미술 애호가가 아니더라도 많은 사람들이 세잔의 그림을 보며 흔치 않은 체험을 하게 됩니다. 세잔의 걸작들은 미묘하고 다채로운 색채와 함께 때로는 명상적으로 느껴지는 심도와 구조와 논리를 지니고 우리 앞에 나타납니다. 산을 그린 그림은 더욱 그런 느낌이 강합니다.

그의 그림은 새롭게 눈을 열어주고 감정을 깊게 울리지만, 동시에 정신을 집중하게 하고 마음을 단단하게 해 중심을 찾게 합니다. 우리를 사로잡고 집중시

여름

키지만 압도하는 것이 아니라 아주 천천히 말을 걸어옵니다. 그의 그림들은 우리가 인생을 살아가는 데 '보는 법을 배우는 것'이 얼마나 중요한지를 생각하게 합니다.

세잔의 그림을 보다 보면 자연스레 철학적인 숙고로 나아가게 됩니다. 철학 역시 넓은 의미에서 '보는 법을 배우는' 여정이라고 할 수 있으니까요. 세잔을 통해 사람과 사물을 보고 대하는 것에 대한 윤리학을 다시 생각하게 됩니다. 나에게 대상으로 주어진 존재를 내가 원하고 취하고 싶은 방식으로 소유하거나 규정하는 것이 아니라, '타자성'을 인정하고 존중하면서 기다릴 줄 아는 인내를 가져야만 그 존재의 본질에 다가가는 길이 보인다는 것을 깨닫게 됩니다.

타자성의 존중은 그것이 나에게 남김없이 알려질 수 없고, 전적으로 내 뜻대로 되지 않고, 어떠한 경우에도 여전히 어느 정도 거리가 존재한다는 것을 받아들이는 것입니다. 이렇게 보는 방식은 대상으로 가는 먼 길을 걷는 것이며 수고를 요구할 것입니다. 하지만 대상이 존재의 진면목을 보여주는 것을 기다리는 각고의 시간은 커다란 보답으로 돌아옵니다.

존재의 참 모습을 향해 가는 여정에 오른 사람은 인식이란, 피상적인 인상이나 스쳐 지나가는 감상적 느낌에 있지 않음을 잘 압니다. 진정한 대상의 인식은 근원적 만남입니다. 구체적이면서도 서로가 존재의 뿌리에 근거한 만남을 경험해야 합니다. 인간 존재와 인격은 오직 이러한 만남들을 통해서만이 변화의 힘을 얻습니다.

잘 알려진 '세잔의 사과'는 사람들이 무엇인가를 제대로 보는 것이 얼마나 중요하고 어려운지를 알려주는 상징입니다. 이것은 그가 긴 시간을 통해 숱하게 사과를 그려오며 사과라는 존재를 구체적으로 드러나게 하는 길을 모색한 결과입니다. 저에게는 그러한 가르침이 '생트빅투아르'에서 더 실감나게 다가옵니다.

새털같이 숱한 날들을 성실하게 생트빅투아르 산의 진면목을 보고, 그리려 애쓴 세잔의 눈과 손을 떠올립니다. 화구를 들고 있는 세잔의 모습은 다른 사람들과 모든 존재들을 대하는 참되고 절실한 윤리적 태도에 대한 '살아 있는 은유'입니다.

세잔을 위한 음악가, 리하르트 바그너

　세잔의 생트빅투아르 산 그림의 원화들을 실제로 보았던 기회가 있었습니다. 그 순간은 오래 전에 제 인생에서 일어난 희귀한 '사건'이었고, 아마 앞으로 그런 기회를 또 갖게 되기는 좀처럼 어려울 것 같습니다. 화집이나 엽서를 통해 세잔이 그린 생트빅투아르 산을 볼 때마다 그때의 추억이 떠오릅니다.

　오래전 어느 여름에 홀로 며칠간 프로방스 지방을 여행할 기회가 있었을 때, 굳이 엑상프로방스에 들렀습니다. 당연히 세잔 때문이었습니다. 남국의 정서를 느끼게 하는 나무들이 서 있던 광장이 기억납니다. 찬찬히 시내를 걸어서 세잔에 대한 전시회를 보고 그의 생가를 방문하고 그가 그린 생트빅투아르 산을 멀리서나마 바라본 그날은 매우 뜨거운 날씨였지만, 맑고 아름다웠습니다.

　여전히 꽤나 생생하고 아름다운 기억으로 남아 있는 그날의 인상은 세잔의 생트빅투아르 산 그림을 보는 것을 매번 더 특별한 경험으로 만듭니다. 세잔이 있는 여름이라면, 근사하고 무엇인가를 새로 배우는 계절이 될 것이라는 좋은 예감이 있습니다.

　세잔의 그림을 보면 자연스레 프랑스 음악이 떠오릅니다. 그의 그림이 걸려 있는 미술관에는 경쾌하고 날렵한 프랑스의 바로크 작곡가들의 건반악기 음악이나, 생상, 드뷔시, 라벨, 포레, 혹은 프랑시스 풀랑크 같은 프랑스의 근현대 음악가들의 우아하기 그지없는 음악이 흐르면 잘 어울릴 것 같습니다. 그런데 의외로 세잔은 당대 프랑스 음악에는 별 관심이 없었다고 합니다.

　세잔은 청소년기 시절부터 그리스와 로마 고전문학에 조예가 깊은 것으로 알려져 있지만 음악에 대해서는 시대를 앞서는 감식안을 보여주지는 않는데, 아마 파리에서 멀리 떨어져 음악보다는 엑상프로방스의 자연에서 주로 영감을 얻었기에 그럴 것입니다.

　그러나 그도 젊은 시절에는 독일의 작곡가 리하르트 바그너의 음악에 심취해 있었다고 합니다. 사실은 바그너야말로 새로운 시대의 음악, 현대음악으로 가는 길을 연 사람이었으니 세잔에게 어울리는 음악가입니다. 그리고 세잔의 그림 중에는 바그너의 유명한 오페라의 이름을 딴 〈피아노 치는 소녀: 탄호이저 서곡〉이라는 작품이 있기도 합니다.

바그너의 음악은 거창하고 무겁게 느껴지지만 사실 오페라의 계절은 여름입니다. 대부분의 유명한 유럽의 오페라 축제들이 여름의 시작에 열리고, 바그너 음악의 향연인 '바이로이트 페스티벌'바그너가 창설한 독일 바이로이트의 축제 극장에서 거행하는 음악제도 마찬가지입니다.

여름을 맞이하며 세잔의 생트빅투아르 산이 담긴 화집을 천천히 펼쳐봅니다. 그리고 바그너의 음악이 담긴 음반을 틉니다. 푸르트뱅글러가 지휘하는 〈탄호이저 서곡〉의 신비로운 멜로디가 저 멀리서 들려옵니다. 여름의 시작에 만나는 위대한 예술은 어느덧 보이는 것과 들리는 것 너머로 우리의 감각과 사유를 이끌어갑니다.

스팅, 삶을 일으키는 결심

여름밤은 깊어가고 잠은 오지 않습니다. 혼자서 이런저런 생각을 하다가 문득 듣고 싶은 곡이 떠올랐습니다. 학생 때부터 좋아하던 스팅의 명반 〈태양과 같지 않다(... Nothing Like the Sun)〉를 플레이어에 올려놓습니다. 앨범 명은 셰익스피어의 소네트 130번의 한 구절에서 따왔습니다. 다채롭고 주옥같은 곡들이 차례로 귀를 사로잡다가, 이제 앨범의 중반에 이르면 가장 기다리던 곡이 시작됩니다. '깨어지기 쉬운 (Fragile)'입니다.

휴가가 기다리는 여름이라고 인생의 고민이 갑자기 해결되고 마음이 저절로 느긋해지는 것은 아닙니다. 견디기 힘든 뜨거운 날씨처럼 온갖 압박이 우리를 가혹하게 몰아친 하루였을 것입니다. 육신과 정신과 일상이 얼마나 쉽게 부서지고 깨어지기 쉬운지 절감하다 열기가 식은 밤에나 겨우 심신을 추스르게 됩니다. 그럴 때 노래는 양식이 되기도 합니다. 잠시의 위안이었다가, 깨달음이 되기도 하고, 때로는 정말로 '삶을 일으키는 결심'이 되기도 합니다.

스팅의 노래 '깨어지기 쉬운'은 인간 존재의 연약함에 바친 찬가입니다. 연약함을 받아들이고 기억하는 것이 위태로운 삶을 버티고 살아내고 나아가 그 안에서 의미와 행복을 발견하는 시작이라고 믿는 이에게 이 노래는 각별합니다.

노래의 가사는 나의 개인적 삶의 영역만이 아니라 나의 삶이 위치한 우리 시대 인간사의 보편적 위기를 떠올리게 합니다. 스팅은 실제로 이 곡을 남미 니카라과에서 가난한 사람들을 위해 봉사하다 정치적 폭력에 희생당한 미국의 시민운동가이자 전기 기술자였던 벤 린더Ben Linder(1959-1987)에게 바쳤습니다.

인간사 곳곳에 폭력의 위협이 깃들어 있는 것은 노래가 발표된 1980년대 말이나 지금이나 다르지 않고, 이 곡에 담긴 호소 역시 지금도 절실합니다. 이 곡을 듣고 있으면 인간의 약함을 노래하는 것이 낙담이 아니라 위로를 준다는 것을 알게 됩니다. 서로가 얼마나 연약한 존재인지를 기억할 때만이, 그래서 서로에게 손을 내밀고 보듬을 때, 함께 삶의 위기를 버텨낼 수 있다는 믿음이 이 노래에는 있습니다.

그리고 그 믿음은 내 안에서도 싹이 틉니다. 노래는 마지막까지 처연하게 탄식하지만, 이미 마음 어디선가 굳건한 희망이 자라고 있습니다.

부서지고, 깨어지는 인간 존재에 잘 어울리는 비유는 '유리'입니다. 매우 고통스러운 감정과 대면하며 빚어낸 김윤아의 앨범 <타인의 고통>에는 '유리'라는 노래가 있습니다. 이 노래를 듣다 보면 인간이 얼마나 상처 입기 쉽고 또한 상처 주기 쉬운 존재인지를 고통스럽게 떠올리게 됩니다. 안온한 일상이란, 어쩌면 환멸과 모멸에 깊이 파인 상처 위에 그저 종이 한 장 덮어져 있는 위태로운 환상일지 모른다는 불길한 느낌에 사로잡힐 때가 있습니다.

위태로운 내면, 아슬아슬한 위기의 삶에서 벗어나지 못하는 내가 결국은 너에게 상처를 주고 그 상처는 다시금 나 자신을 깊은 어둠으로 이끄는 고통스러운 과정을, 노래는 끝까지 따라갑니다. 너에 의해 깨어지고 부서지기 쉬운 나, 또한 너를 깨어지게 만들기도 하는 나, 그럼에도 우리 모두가 바라는 것은 행복입니다. 깨진 유리와 같은 존재인 우리가 행복할 수 있을까, 여전히 우리는 서로를 행복하게 해줄 수 있을까, 노래는 이 물음에 역설로 답할 뿐입니다.

행복이 상처를 주고받는 아픔의 시간 끝에 자라난 꽃이기에 아름답다는 것일지, 혹은 '그럼에도' 아름답다는 것인지 알기 어렵습니다. 노래가 진정으로 희망으로 가는 길을 보여주는 것인지, 아니면 잠시 고통을 잊게 해주려는 서글픈 동정일 따름인지, 차라리 삶에 아무 기대를 갖지 않은 다 타버린 재와 같은 초연함인지 여전히 생각하게 됩니다. 그러나 이 노래가 끝나도 '아름답다'는 읊조림은 귀를 떠나지 않습니다.

Fragile, Fragile, Fragile...

시집 『무슨 심부름을 가는 길이니』(문학과지성사, 2020)에 실린 시 「유리의 존재」에서 시인 김행숙은 아예 우리를 '유리의 존재'라고 부릅니다. 암울하고 슬픈 단정이지만 우리가 그림자처럼 어둠을 더듬거리면서도 시인의 표현처럼 '검은 눈동자처럼 맑게 바라보며' 포기하지 않고 나아가려는 근거가 되기도 합니다. 그렇게 애를 써보다 비로소 사무치게 깨닫게 되는 것이 있습니다.

다름 아니라, 우리가 유리라는 것을 받아들이는 곳에서 길이 열리기 시작한다는 믿음입니다. 홀로 흐느끼는 것 같던 노래의 끝에서 우리에게 치유되는 길이 있다는 믿음의 고백을 읽어냅니다. 일체의 환상과 작별하는 시어가 오히려 내면의 생명력을 깨웁니다. 우리는 유리처럼 깨지고 위태로운 존재이지만, 유리 조각에 찔리고 베이며 흘린 피와 눈물이 행복이라는 열매로 변화될 수 있다는 것을 믿고, 그 행복이 아름다우리라는 것을 희망합니다.

인간은 '깨어지기 쉬운' 유리와 같은 존재입니다.

여름

그럼에도 행복을 추구합니다. 상처받고, 상처주고, 때로는 그림자가 된 것처럼 공허하게 느껴지는 삶에 속절없이 고통을 받으면서도, 굴하지 않고 행복을 추구합니다. 행복은 쉬운 것이 아니지만 인생에 드리운 그늘이 아무리 짙다 하더라도 포기하지 않고 도달하려고 애쓸 가치가 있습니다. 이러한 추구는 헛되지 않습니다.

행복의 추구를 '의무'라고 말하는 철학자가 있습니다. 시몬 베유를 비롯한 20세기 초반 수많은 프랑스 지식인들에게 훌륭한 스승으로 존경받았던 철학자 에밀 오귀스트 샤르티에Émile-Auguste Chartier(1868-1951)입니다. 그는 알랭Alain이라는 이름을 스스로 선택하고 그 이름으로, 전문가를 위한 철학 논문만이 아니라 간결하면서도 정곡을 찌르는 수많은 철학 단상을 쓰고, 대학 강단 대신 고등학교 철학 교사를 선택해 수많은 젊은이들을 가르치고, 철학의 길로 이끌었습니다.

회의적이고 합리적이면서도 열정적이었던 그는 당대의 소크라테스이자 몽테뉴 같은 인물로 존경받았으며, 타고난 스승이었습니다(참조: 조지 스타이너, 『가르침과 배움』, 서커스, 2021, 148-156쪽). 무엇보다 그의 사상의 중심에는 '행복'이 있습니다. 우리는 행복할 '의무'가 있고, 행복을 위해 애쓰겠다고 '맹세'를 해야 한다고 가르칩니다. 알랭의 철학 단상에는 실제로 거듭해서 행복에 대한 예찬이 나옵니다. 무엇보다 다음의 말은 오래 기억하고 싶습니다.

> 사랑 속에는 행복에 대한 맹세 이상으로 심오한 것은 아무것도 없다.
> 행복은 가장 아름답고도 가장 관대한 선물이다.
> _알랭, 『알랭의 행복론』(디오네, 2016) 332쪽

행복을 의무라 말하는 알랭의 말의 뜻을 깊이 곱씹어 본 사람이라면 고통 가운데 일궈가는 행복 역시 아름답다는 것을 빈말이라 여기지 않을 것입니다. 감상과 도피의 마음이 아니라 자신의 삶을 응시하는 굳건한 마음으로 동감할 것입니다.

삶의 깨어진 조각들을 구원하고자 햇빛처럼 쏟아지는 은총의 순간들이 있다는 것을 잊지 않으려 합니다. 손바닥과 발바닥이 깨진 유리에 상처를 입는다 하

더라도 '유리의 존재'가 행복을 추구하는 것은, 장하고 고귀하며 아름다운 일임을 확신합니다.

약해서 깨어지고 부서지면서도 포기하지 않고 참된 행복을 위해 애쓰는 '유리의 존재'들에게 신약성서의 사도 바오로의 편지에 나오는 말씀이 더없는 위로가 됩니다.

내가 자랑해야 한다면 나의 약함을 드러내는 것들을 자랑하렵니다. _2코린 11,30

호메로스를 권하는 여름

여름에는 견디기 어려운 시간이 종종 찾아옵니다. 폭염 때문에도 그렇지만 뉴스가 끊임없이 전해주는 사회의 어지러운 소음이 후덥지근한 날씨와 겹쳐 짜증과 답답함과 화가 차오르고 인내심이 바닥에 이른 '개 같은 날의 오후'를 보내기 일쑤입니다. 이런 시기에 마음을 잘 달래는 것도 생활의 지혜입니다.

이렇게 더운 날씨와 세상 돌아가는 한심한 광경을

불평하며 힘겹게 걷다가, 여름날의 뜨거운 햇살과 후 끈한 공기에도 아랑곳없이 시원하게 물을 뿜어내는 호 수공원 음악 분수에 뛰어들어 세상 부러울 것 없이 즐 거워하며 노는 어린아이들을 우연히 보게 되었습니다. 잠시나마 더위를 잊고 마음이 흐뭇해집니다. 그러면서 어른이 여름을 슬기롭게 보내고 나아가 즐기는 방법을 궁리해 봅니다.

여러 좋은 방법이 있겠지만 고전을 읽는 것 역시 여름에 인내심과 평정심을 유지하며 더운 계절을 차분 히 잘 보내는 방법입니다. 여름은 의외로 독서에 적합 한 계절입니다. 많은 이들에게 동서양의 두툼한 고전 들을 한 권 한 권 독파한 여름방학들은 학창 시절의 잊 지 못할 기억으로 남아 있을 것입니다. 어쩌면 고전과 함께하는 여름은 어른에게 더 필요할지 모릅니다.

이번 여름에 벗들에게 권하고 싶은 고전은 서양 문학과 인문학의 원류라 할 호메로스의 『일리아스』와 『오뒷세이아』입니다(천병희 옮김, 숲, 2015). 그리고 이 고전을 읽는 데 도움이 되는 길잡이로 실뱅 테송의 『호 메로스와 함께하는 여름』(백선희 옮김, 뮤진트리, 2020)을 추천합니다.

호메로스의 두 위대한 서사시인 『일리아스』와 『오뒷세이아』는 고전의 지위를 넘어 종종 서양 문화의 '경전經典(Canon)'으로 일컬어집니다. 이러한 후광이 때로는 독자들이 호메로스의 고전에 도전하는 데 오히려 장애가 되기도 합니다. 명성 때문에 호기심보다는 지나친 경외심으로 책을 대해, 중압감과 선입견을 가지기 때문입니다.

실뱅 테송은 『일리아스』와 『오뒷세이아』가 추앙하거나 박물관을 장식할 책이 아니라 '지금 여기'를 살고 있는 '우리'를 위한 책이며, 우리 시대의 문제들을 고민하며 '대화'할 가치가 있는 책이라고 강조합니다. 실뱅 테송의 해석이 인상적인 것은 이 서사시를 영웅 숭배나 고대 그리스 문명에 대한 복고적 향수에 경도되어 읽지 않기 때문입니다.

실뱅 테송은 지리정치학을 전공한 프랑스의 여행가이자 탐험가이고 에세이 작가로 이름이 알려져 있습니다. 1972년생이니 아직은 비교적 젊은 나이인데 왠지 벌써 지난 세기 유럽의 여러 뛰어난 여행기 작가들에서 느낄 수 있는 대가의 풍모가 느껴집니다. 이 책은

여름

원래 그가 '프랑스 앙테르 라디오'에서 여름마다 마련하는 고전 강독 프로그램의 한 순서로, 2017년에 호메로스를 낭독하고 간간히 감상을 덧붙였던 방송을 기초로 하고 있습니다. 프랑스에서 베스트셀러가 되어 많은 사람들이 고전 중의 고전인 호메로스의 작품을 읽어볼 열의를 갖게 했습니다.

테송은 호메로스의 이 고전을 인간 문명의 근본 문제에 대한 비판으로 읽으려 합니다. 인간이 동료 인간과 자연과 그리고 인생사에 대해 가하는 폭력적 힘과 오만에 대해 진지하게 성찰하도록 합니다. 이러한 관점은 물론 전적으로 새로운 것은 아닙니다. 앞서 프랑스 철학자 시몬 베유도 자신의 짧지만 심오하며 천재적인 철학 에세이인 『일리아스 또는 힘의 시』(이종용 옮김, 리시올, 2021)에서 '자신에게 종속된 모든 것을 사물로 만들고' 결국에는 모든 것을 파괴해서 '시체'만을 남게 하는 바로 그 '힘'이 위대한 고전인 『일리아스』의 가장 핵심적인 주제라고 말했습니다.

때때로 호메로스 서사시에 나오는 전쟁 묘사가 폭력과 힘을 정당화하고 신성하게 여기는 것은 아닌가 싶어 불편하게 다가올 때도 있습니다. 그러나 호메로스는 전쟁을 마치 하나의 '물체'처럼 주어진 사실로서 냉정하게 바라보고 있습니다. 이에 대해 놀라울 정도로 역동적이며 세부적으로 묘사를 하고 있지만 이를 칭송하거나 정당화하지는 않습니다. 오히려 전쟁에서 과시하는 힘과 명성의 추구가 얼마나 어리석고 허망한 일인지에 대한 분명한 의식을 가지고 있었다고 생각합니다.

트로이 전쟁의 숨은 행위자라고 할 수 있는 올림포스의 신들을 포함해서, 영웅이라 불리는 주요 등장인물들의 결함에 대해서도 거침없이 언급하고 있습니다. 이런 비판 의식은 이후 서양의 윤리학과 인간학의 원천이 되는 아테네의 위대한 비극작품이 태어나게 된 씨앗이었습니다. 그리고 호메로스의 서사시는 오늘날 우리 시대에 인간들이 여전히 행하는 많은 잘못들을 성찰하기 위한 거울로 삼을 만합니다.

테송이 잘 지적하고 있듯 호메로스가 생각하는 인간 불행의 원인은 힘 있는 인간의 '휘브리스', 즉 오만함과 선을 넘는 어리석음의 악덕입니다. 탐욕이 원인이

여름

되었든, 명예를 추구하다 그리되었든, 분노를 이기지 못해서였든, 휘브리스는 인간에게 인간다움을 잃게 하며, 인간으로서 지켜야 할 경계를 넘게 하고 마침내 모두를 파국으로 몰고 갑니다. 이 사실에 대한 고통스러운 깨달음이 『일리아스』의 장대한 이야기를 읽고 났을 독자의 마음에 남습니다.

테송이 『일리아스』를 박진감 넘치는 영웅 서사시이거나 상고 시대의 신비스럽고 낯선 전설로서가 아니라, 도처에서 선을 넘으며 환경을 파괴하고 인간의 존엄을 무시하는 지금의 시대를 경고하는 '오늘을 위한 고전'으로 대하고 있다는 것을 다음의 대목에서 확인할 수 있습니다.

그런데 우리 인간들도 자연을 상대로, 아킬레우스가 신들에게 한 것처럼 행동하지 않았을까? 우리는 균형을 흩뜨려 놓았다. 한계를 넘어섰고, 세상을 약탈했다. 동물들을 멸종시켰고, 빙하를 녹게 했고, 토양이 산성화하게 만들어버렸다. 오늘날 우리의 스카만드로스 강이, 다시 말해 생명의 모든 발현이 침묵을 깨고 우리의 남용을 환기한다.

생태학적 용어로는 경계신호에 빨간 불이 켜졌다고 말한다. 신화적 용어로는 강이 범람하고 있다고 말한다. 우리는 아킬레우스처럼 물에 쫓기고 있다. 그런데 어리석게도 우리가 걸음을 재촉해 다가가고 있는 저 구렁텅이를 향한 경주를 늦춰야 한다는 사실을 여태 깨닫지 못하고 있다. _「호메로스와 함께하는 여름」 96-97쪽

한편, 테송에 의하면 『오뒷세이아』는 『일리아스』의 후일담이나 외전이 아니라 호메로스의 서사시가 완성되기 위해 필연적으로 요구되는 이야기입니다. 트로이의 목마라는 '기만'을 통해 그리스의 승리에 결정적인 기여를 한 오디세우스는 바다에서 난파하고 무려 20여 년에 걸친 고투와 방황을 거쳐 겨우 고향 이타카로 귀향합니다.

이러한 오디세우스의 시련은 『일리아스』가 단순히 그리스인들의 승전과 더 큰 힘의 정당화를 노래하는 서사시가 아니라 이른바 영웅들의 '휘브리스'가 수많은 사람들과 공동체에 안긴 불행에 대한 경고와 교훈을 담은 이야기로 해석하는 것에 설득력을 줍니다.

오디세우스가 그 긴 세월을 떠돌아다녀야 했던 것

은, 힘의 폭력적 사용을 속죄하고 인간의 품위에 맞는 덕 있는 질서를 회복하기 위해서는 얼마나 큰 노력과 진실성이 필요한지를 상징하고 있다고 테송은 해석합니다. 오디세우스의 귀향기 『오뒷세이아』는 속죄이자 인간다운 '덕'이 작용하는 질서를 회복하는 상징적 이야기입니다.

오디세우스는 『일리아드』에 나오는 다른 영웅들에게는 결여되었던 중요한 지혜와 덕을 긴 세월에 걸쳐 뼈저리게 깨달은 인물입니다. 그는 겸허하게 운명을 받아들이지만 무기력하거나 체념하지 않으며, 인내하면서 고향을 향하는 자신의 목적을 망각하지 않는 사람입니다. 테송은 오디세우스에게서 우리가 오늘날의 혼란한 사회를 살면서 반드시 갖추어야 할 덕목을 배우자고 권고합니다.

오디세우스의 힘은 광기로 뒤흔들린 질서 속에서 제자리를 되찾는 데 있지 않을까? 그는 자포자기하고 흘러가는 대로 살지 않는다. 여기서 우리는 호메로스의 자유 개념이 지닌 여러 모순 가운데 하나를 만난다. 우리는 하늘이 미리 그려둔 지도 속에서 자유로운 흐름을 따를 수 있다. 달리 말해 강을 거슬러 올라야 할 필연성을 타고난 연어처럼 우리에겐 흐름의 방향을 바꿀 수 없는 강물을 거슬러 헤엄칠 자유가 있다. _같은책 208쪽

그리스 음악가, 엘레니 카라인드루의 '트로이의 여인들'

무더운 여름날, 지금의 시대를 염려하며 만고의 고전인 호메로스의 서사시에서 지혜를 구할 때, 그리스의 작곡가이자 연주자인 엘레니 카라인드루Eleni Karaindrou(1941-)의 작품들만큼 잘 어울리는 음악도 없으리라 생각합니다. 그는 위대한 그리스의 영화감독 테오 앙겔로풀로스Theo Angelopoulos(1935-2012)의 대부분의 걸작 영화들에서 음악을 작곡하기도 했습니다.

20세기 후반기를 대표하는 시적인 영화작가로 높은 평가를 받는 테오 앙겔로풀로스는 공산주의 체제가 몰락하던 역사의 격변기에 오디세우스를 상징으로 삼아 영화 〈율리시스의 시선(Ulysses' Gaze)〉(1995)을 내놓았습니다. 칸영화제에서 그랑프리를 수상했으며 비평가들의 찬사를 받은 이 영화의 영화음악 역시 엘레니

카라인드루가 맡았는데, 영화음악을 담은 음반은 여전히 명반으로 꼽히고 세월이 지났지만 꾸준히 사랑받고 있습니다.

　　그는 영화음악만이 아니라 뛰어난 극 부수 음악들도 작곡했는데 그중 대표작이 안토니오 안티파스의 연출작을 위한 곡인 〈트로이의 여인들(Trojan Women)〉입니다. 2001년 8월, 그리스의 유명한 에피다우루스의 고대 원형극장에서 초연되었고 음악을 담은 음반은 엘레니 카라인드루의 다른 음반과 마찬가지로 ECM 레코드에서 이듬해에 출반되었습니다. 여기서 엘레니 카라인드루는 그리스의 전통 악기를 포함해 매우 절제된 악기 구성으로 긴장감 있으면서도 심금을 울리는 음악을 창조합니다.

　　이 음악과 연극은 당연히 가장 비통한 비극의 걸작 중 하나인 에우리피데스의 「트로이의 여인들」에 관한 것입니다. 아이스퀼로스와 소포클레스와 함께 그리스 비극의 3대 거장의 한 명이며 마지막 세대에 속하는 에우리피데스의 작품은 때때로 매우 현대적으로 느껴지기까지 합니다.

　　에우리피데스의 이 작품은 여러 그리스 비극들과

마찬가지로 호메로스의 서사시와 그 인물과 소재가 연결됩니다. 「트로이의 여인들」은 트로이 멸망 후 트로이의 왕 프리아모스의 아내인 헤카베, 헥토르의 아내인 안드로마케, 그리고 프리아모스와 헤카베의 딸인 카산드라를 비롯한 트로이의 여인들이 직면한 고난과 비극을 다루고 있습니다.

여성 음악가로서 카라인드루는 이 작품에 나오는 전쟁과 폭력에 희생이 되는 여인들의 운명에 깊은 슬픔과 연민을 담아 절절한 음악을 작곡했습니다. 카라인드루는 음반에 자신이 에우리피데스의 「트로이의 여인들」을 진실하게 만난 체험과 연출가와의 작업, 이 음악의 탄생 과정을 이야기하면서, 이 작품은 무엇보다도 '뿌리 뽑힌' 사람들의 원형적 이야기이며 눈물에 바쳐진 송가라고 말합니다.

그리고 작품의 배경이 되는 트로이로부터 시작해 코소보, 쿠르드, 아프가니스탄에 이르기까지 비탄의 눈물이 있는 곳들을 기억합니다. 그 후 20여 년이 지난 오늘날에도 우크라이나에서 전쟁의 비극이 여전히 지속되고 있는 현실이 더욱 안타까워집니다.

엘레니 카라인드루의 여러 걸작들을 아테네 대극장에서의 실황 연주로 들을 수 있는 두 장으로 된 〈뿌리 뽑힘의 애가(Elegy of the Uprooting)〉(2006)에서도 연극「트로이의 여인들」에 사용된 '눈물의 송가(An Ode of Tears)'를 들을 수 있습니다. 특히 이 음반에서는 그리스의 전설적인 가수 마리아 파란투리Maria Farantouri의 장엄한 노래를 들을 수 있습니다.

'덕'을 수확하는 가을에 제인 오스틴

가을과 함께 '진실의 시간'을 마주합니다. 가을은 무릇 존재가 열매를 맺어 본모습을 보이는 계절입니다. 황금빛 들판과 과일이 탐스럽게 열린 과수원을 흐뭇하게 바라보고 잘 익은 밤과 도토리가 툭툭 떨어지는 산길을 여유로이 산책하다가, 문득 내가 이 가을에 내어놓을 소출을 생각합니다. 유예나 변명의 기한은 다 지나갔고, 올해를 어떻게 살았는지 정직하게 따져

봐야 할 때가 왔습니다. 한 해의 시작에 마음먹은 결심과 계획과 약속이 혹여 빈말에 그친 것은 아닌지 살펴봅니다. 그리고 내면적이고 인격적이며 온전한 한 인간이 되고자 스스로에게 진지하게 묻습니다.

"나는 올해 얼마나 더 나은 사람이 되었는가?"

덕이야말로 더 나은 사람이 되었는가를 비추고 가늠하는 거울이자 잣대입니다. 덕이 잘 무르익어 수확할 수 있다면, 그래서 내가 한 인간으로서 그 인격이 한 뼘이라도 더 자라고 한 치라도 더 깊어져 더 나은 존재가 되었다는 것을 확인할 수 있다면, 이번 가을은 더 바랄 것 없이 풍요합니다.

덕을 삶의 중심에 두고 성찰하는 철학을 '덕 윤리학'이라고 부릅니다. 덕 윤리학의 부흥은 지난 수십 년간 인문학에서 생겨난 매우 두드러지고 큰 의미가 있는 흐름입니다. 근대 이후 덕은 사실상 그 영향력과 실효성을 잃고 이름만 남은 낡은 개념으로 전락했습니다. 다행히도 이제 더 이상 그렇지 않고 적어도 윤리학 안에서는 '덕의 부흥'의 시기입니다. 덕을 본격적으로 연구하는 철학의 분야인 윤리학이나 윤리신학에서만

이 아니라 경영이나 교육학, 정치철학 같은 영역에서
도 덕은 개인과 공동체의 좋은 삶을 위한 기초이자 한
인간을 형성하고 평가하는 통합적 개념으로 중시되고
새롭게 조명됩니다.

그러나 덕 윤리학은 학자들의 연구 주제 이전에,
삶의 문제이고 각 개인이 성숙한 인격을 추구하고 완
성해가는 여정 자체입니다. 덕은 결코 추상적 개념이
아니며 각 개인의 인생에 뿌리를 내리고 우리의 감정
과 감각, 타인과 함께하는 일상의 삶에 깊이 연관되어
있습니다. 그러기에 때로는 논증적인 윤리 철학서 이
상으로 탁월한 문학작품이 덕의 본질을 더 생생하게
보여줍니다.

현대의 대표적인 덕 윤리학자 중 한 명인 마사 누
스바움Martha Nussbaum(1947-)이 문학작품의 분석을 통
해 덕의 다양한 요소를 드러내고, 역시 덕 윤리학의 부
흥에서 그 초창기에 큰 기여를 한 철학자 아이리스 머
독Iris Murdoch(1919-1999)이 동시에 현대 영문학을 대표
하는 소설가 중 한 명이라는 사실은 이를 더 확실하게
합니다.

실제 덕 윤리학과 문학의 밀접한 관계를 보여주는

가장 모범적인 예는 영국의 작가 제인 오스틴Jane Aus-
ten(1775-1817)의『오만과 편견』(1813)입니다. 이 고전문
학 작품에서 우리는 매력적인 등장인물들의 생각과 행
동들을 통해 '살아 있는' 덕 윤리학을 만나고 배울 수 있
습니다. '덕을 수확하는 가을'에 권하고 싶은 책입니다.

　　제인 오스틴은 여러 시대적 제약에 어려움을 겪었
던 사람입니다. 사랑하는 사람이 있었지만 당시 사회적,
계급적 한계와 경제적 문제로 사랑을 이루지 못했고, 이
후 죽을 때까지 결혼도 하지 않았습니다. 여성 전업 작
가로서 경제적으로 독립할 법적, 사회적 여건이 미비한
영국의 당시 상황으로 인해 어쩔 수 없이 가족의 도움에
의지해야 했고 독립적 삶에 제한을 받았습니다.

　　살아서 확고한 문학적 명성을 얻은 것도 아닙니
다. 그가 마흔 중반이라는 아까운 나이에 세상을 떠날
때까지 비교적 제한된 사교계를 중심으로 글을 잘 쓰
는 재기 넘치는 여성작가로 소소한 인정을 받았을 뿐
입니다. 오늘날 제인 오스틴의 위상을 생각하면 그가
당대에 받은 대접은 부당하고 마음을 아프게 합니다.

　　하지만 그의 사후, 제인 오스틴은 시대의 한계에

도 불구하고 현명하고 용기 있게 주체적으로 살아가는 삶의 방식을 모색한 글 쓰는 여성의 모범으로 사랑과 존경을 받았으며, 그 위대함은 시간과 함께 점점 더 빛납니다. 그는 영문학사에서 주요 작가로 꼽힐 뿐만 아니라 영국 내에서 셰익스피어와 비견될 만한 큰 사랑을 받는 인물이고, 나아가 제인 오스틴의 대표작들은 영문학의 경계를 넘어 '세계문학'에 속합니다.

21세기에 제인 오스틴이 어떻게 받아들여지고 있는지 살펴보면 그의 작품만이 아니라 제인 오스틴이라는 인물 자체가 미디어와 대중을 사로잡고 있다는 것을 알게 됩니다. 제인 오스틴의 인생을 다룬 〈비커밍 제인〉(2007)이나 그에게 영감을 받은 현대 여성들을 조명한 〈제인 오스틴 북클럽〉(2007) 같은 영화가 좋은 예입니다.

제인 오스틴이 짧은 생애 동안 쓴 여섯 편의 소설인 『이성과 감성』, 『오만과 편견』, 『맨스필드 파크』, 『엠마』, 『노생거 사원』, 『설득』은 모두 세계문학의 고전에 속하면서도 현대의 독자들에게 거리감이나 위압감 없이 친근하게 느껴지는, 보기 드문 매력을 지니고

가을

있습니다. 고전이면서도 당대의 베스트셀러 같은 친화력이 느껴집니다.

제인 오스틴의 작품은 즐겁게 읽을 수 있으면서도 배우는 것이 많습니다. 평범하고 소시민적인 일상적 사건과 대화들 안에 매우 중요한, 윤리적이고 철학적인 주제들을 잘 담기 때문입니다. 시대 차이를 뛰어넘어 오늘날의 독자들이 제인 오스틴의 작품을 읽으며 독서의 즐거움과 함께 위로와 깨달음을 얻는 이유는, 현대 소비사회의 과시적인 문화들이 가리고 있는 일상의 본모습을 차분하게 바라볼 수 있게 하기 때문입니다.

그는 등장인물들의 약점과 결점을 경쾌하게 풍자하고 꼬집지만, 그럼에도 모든 인물들이 지닌 존엄과 개성을 존중하고 소중히 여깁니다. 제인 오스틴의 소설에 나오는 인물들은 우리와 마찬가지로 각기 성격과 기질에 따른 약점이나, 시대적 관습의 모순, 상황의 제약들 때문에 어처구니없는 실수를 저지르거나 살짝 악덕에 가까운 일들을 행하기도 합니다. 이런 잘못들은 자신과 타인의 삶을 힘겹게 만듭니다.

하지만 제인 오스틴은 이러한 약점 있는 사람들이 모두 나름대로 행복하려는 강한 희망을 가지고 있으며 때때로 부족한 그들 안에도 고귀한 행위를 할 수 있는 품성이 잠재되어 있다는 것을 놓치지 않습니다. 사람을 겉모양으로만 보고 호감을 갖지 말기를 조언하면서도 또한 인간에 대한 믿음을 완전히 버리지는 말기를 권고합니다. 제인 오스틴은 그의 대부분의 작품에서 일상을 살아가는 인간의 모습을 지나치게 무겁지 않고 담백하면서도 피상적이지 않은 필치로 그려내고 내면을 통찰합니다.

제인 오스틴의 모든 작품들 중에서 단연 돋보이고 완벽에 가까운 작품이 『오만과 편견』입니다. 그는 『오만과 편견』에서 여러 등장인물들의 성격, 덕성, 약점, 악덕들을 날카롭고 가차 없는 관찰력을 통해 다면적이고 명료하면서도 활기차게 드러냅니다. 동시에 부족하고 약점이 있는 인간 존재에 대한 근본적인 연민과 이해를 보여줍니다. 비판적 성찰과 연민을 통한 이해라는 두 측면을 결합하고 상호 보완할 수 있는 시선은 윤리학의 관점에서 매우 중요하며, 그 자체로 탁월한 지성적 덕입니다.

제인 오스틴은 자신의 등장인물들을 많이 사랑하

지만 그렇다고 눈먼 사랑은 아닙니다. 작가가 자신의 인물들이 성장하고 성숙되기를 진심으로 응원하는 것이 느껴집니다. 이러한 작가의 관점은 무엇보다 『오만과 편견』의 두 주인공 다아시와 엘리자베스에게서 잘 구현되어 있습니다. 다아시와 엘리자베스는 영문학 사상 가장 매력적인 주인공들에 속할 것입니다.

그들이 이토록 독자들을 사로잡는 이유 중 하나는 두 사람이 '성장하는 인물'이기 때문입니다. 두 사람의 내면, 관계, 서로 나누는 사랑의 표현은 두 사람이 점점 더 잘 알아가면서 함께 자라나고 성숙해지며 결실을 맺습니다.

사실 엘리자베스와 다아시는 여러 장점과 덕목을 이미 지니고 있는 멋진 젊은이입니다. 하지만 누구나 그렇듯이 완벽한 사람들은 아니었고 젊은이다운 성급함과 미숙함을 보입니다. 판단력이 뛰어나고 재기가 넘치는 엘리자베스는 은연중 '편견'을 지니고 있고, 도덕적 책임감과 자존감이 강했던 다아시는 무심코 시혜적이 되고 평가를 하는 입장에 서는 '오만'을 보입니다. 이러한 모습이 두 사람의 관계를 거의 망쳐놓기까지 합니다.

그러나 두 사람은 자신들이 이미 가진 '장점'에 고착되지 않고, 스스로에 대한 존중을 잃지 않으면서도 본인의 부족함을 성찰하고 겸허하게 배울 줄 아는 사람들이었습니다. 그들은 관계가 어긋나는 어려움을 대면하게 되었을 때, 일방적으로 상대를 탓하고 상황을 독단적으로 판단하는 데 오래 빠져 있지 않습니다. 공정하게 자신의 부족함을 바라보고 변화하려 합니다. 그러면서 서로가 서로에게 배우는 관계로 나아갑니다. 진솔하게 대화하면서 표현의 미숙함을 함께 교정하고 만남을 통해 타인의 장점에 도움을 받아 내면을 성숙시키며 자신 안에 덕이 자라게 합니다.

마침내 두 사람은 '오만과 편견'을 넘어 동등하면서도 깊은 사랑과 존경으로 어우러진 관계라는 결실을 얻습니다. 서로 신뢰하며 현실적인 어려움들을 함께 대처하고 극복해 나가는 동반자가 되지요. 이러한 과정이 소설의 대미에 잘 표현되어 있어서 독자들은 참으로 흐뭇한 마음으로 책장을 덮을 수 있습니다.

지적이면서도 감성적인 두 사람의 사랑 이야기를 따라가다 보면 어느덧 독자들은 인간사 안에서 자라나는 덕의 진면목을 볼 수 있으며 덕을 수확할 수 있는 이

가을

들이야말로 사랑을 지킬 힘이 있는 사람이라는 것을
배우게 됩니다.

다리오 마리아넬리의 음악과 제랄드 핀치

　『오만과 편견』은 전형성과 입체성이 잘 조화되어
여러 번 영화나 드라마로 옮겨도 식상하지 않습니다.
1998년에 BBC가 미니 시리즈로 옮긴 〈오만과 편견〉은
다아시 역을 맡은 명배우 콜린 퍼스의 훌륭한 연기에
힘입어 굉장한 인기를 얻었고, 원작 소설이 더 대중적
으로 인기를 얻는 계기가 되었습니다.
　2005년에 나온 조 라이트의 영화 〈오만과 편견〉에
서는 키이라 나이틀리의 아름다우면서도 주체적인 엘
리자베스 해석이 많은 호감을 얻었습니다. 이 영화를
개봉 때 극장에서 보았는데 흥미로운 이야기만이 아니
라 아름다운 영상과 함께 전원에 대한 그리움을 떠올
리게 하는 영화 음악이 매우 인상적이었던 기억이 납
니다. 덕을 수확하는 가을에 『오만과 편견』을 탐독하려
는 이들에게 독서에 어울리는 근사한 '배경음악'으로

조 라이트 감독의 영화 〈오만과 편견〉(2005)의 영화음
악 앨범을 추천하고 싶습니다.

음악을 맡은 다리오 마리아넬리Dario Marianelli
(1963-)는 낭만주의 클래식 음악과 깊은 친화력을 가
진, 깨어질 듯 애잔하기도 하고 따뜻하기도 한 아름다
운 음악을 창조하는 우리 시대의 대표적인 영화 음악
작곡가입니다. 〈오만과 편견〉에 나오는 다리오 마리아
넬리의 곡 모두가 좋은데, 유명한 클래식 연주단체인
잉글리시 챔버 오케스트라와 역시 저명한 피아니스트
장 이브 티보네가 연주를 맡아 따뜻한 현의 선율과 영
롱한 피아노 소리 속에서 감미롭고 꿈결 같은 시간을
보낼 수 있습니다.

영화 음악 외에도 역시 영화를 보면서 영국의 후
기 낭만주의 작곡가들의 전원적 음악들이 소설에 잘
어울릴 거라는 생각이 들었습니다. 랄프 본 윌리엄스
나, 프레데릭 델리어스, 에드워드 엘가 같은 친숙한 음
악가들의 이름들이 먼저 떠오릅니다만, 우리에겐 덜
알려졌지만 역시 아름다운 음악을 많이 남긴 영국 작
곡가인 제랄드 핀치Gerald Finzi(1901-1956)의 작품을 소

개하고 싶습니다.

영국 가곡에 특히 많은 기여를 한 그는 훌륭한 관현악곡이나 실내악곡도 여럿 남겼습니다. 낙소스Naxos 레이블에서 나온 〈The Best of Finzi〉(2008) 음반은 핀치 음악의 아름다움에 입문하기에 적격입니다. 이 음반에도 실린 '피아노와 현을 위한 전원시田園詩(Eclogue For Piano and Strings, Op.10)'는 참으로 아름답습니다. 표제대로 내면을 자유롭고 풍요롭게 하는 여유를 느끼게 하는 곡입니다. 이 곡을 들으며 덕을 수확하는 풍성한 가을을 꿈꾸어 봅니다.

멜랑콜리를 위로하는 현대음악

늦은 오후, 비스듬한 햇살이 가을의 쓸쓸한 풍경
한 구석에 스며들어 옵니다. 창밖을 바라보다 문득 울
컥하며 알 수 없는 곳에서부터 눈물이 차오릅니다. 나
도 모르게 잠겨 드는 슬픔과 우울의 정서, 우리는 이를
'멜랑콜리'라고 부릅니다. 만성적 우울증에 시달리는
사람이 아니더라도, 대부분의 사람은 가끔씩은 멜랑콜
리에 잠깁니다. 멜랑콜리는 나와 다른 이의 '마음 풍경'

을 헤아리고 돌보기 위해 잘 알고 곱씹어봐야 하는 개념입니다.

깊은 슬픔 속에 위태로이 닿아 있는 이들이 얼마나 많은지, 겉으로는 무탈하게 일상을 살아가지만 그 뒤안길에는 우울의 그림자가 드리워져 홀로 힘겨워하는 이들이 얼마나 많은지를 기억하려 합니다. 사람들이 온갖 즐거움과 쾌락을 누리고, 자유와 자아실현의 길이 열려 있다고 하는 오늘의 세상에서 정작 수많은 사람들의 마음을 채우고 있는 것은 '무거운 기분'인 멜랑콜리인 이유를 묻게 됩니다.

멜랑콜리는 그리스 철학과 의약에서부터 시작된 길고 긴 역사를 가진 개념이지만, 오늘날처럼 동시대인들의 흔들리고 깨질 것 같은 위태로운 삶을 가리키는 '징후'가 된 적은 없는 것 같습니다.

멜랑콜리를 현대인의 내면 풍경과 삶의 실상을 더 깊이 이해하기 위한 표지로 사유하다 보면 이 시대에도 지독할 정도로 슬프고 우울한 음악이 여전히, 어쩌면 더 열렬히 사랑받고 있는 것에 주목하게 됩니다. 개인적으로 각별하게 관심이 가는 영역은 클래식 음악과 대중음악의 구분에 더 이상 속하지 않는, 주목할 만한 현대음악 작곡가들의 작품들입니다.

쇤베르크나 스트라빈스키 등에 의해 본격적으로 시작된 현대음악은 그 후 20세기 중반까지는 음계와 음향 요소에 대한 복잡한 탐구, 음악 자체의 개념에 대한 실험적 접근에 치중하면서 일반 청중이 듣기에는 난해한 작품들이 주류가 되었습니다.

그러다 이러한 시기를 넘어 점차 사회적, 정치적 주제들을 음악적으로 표현하기도 하고, 현대인의 내면에 담긴 슬픔과 불안, 정서적이고 영적인 갈망을 섬세하고 내밀한 음악으로 대변하면서 비로소 현대음악은 넓은 청중을 얻게 되었습니다. 최근에야 진지한 현대음악이 대중과 제대로 만나고 있다는 느낌이 듭니다. 이러한 음악들에서 멜랑콜리의 정서에 대해 관습적이지 않으면서도 감동적인 새로운 접근을 볼 수 있습니다.

지금 시대에 음악적으로 멜랑콜리를 탁월하게 조명하는 대가로 불릴 만한 현대음악 작곡가로서는 독일 태생의 영국 작곡가 막스 리히터Max Richter(1966-)를 먼저 떠올리게 됩니다. 그는 영화음악의 대가이기도 하고 그렇기에 현대 음악가로서는 이례적으로 대중적 인기도 얻고 있습니다. 오늘날 영화음악이라는 장르는 현대음악의 음악적 탐구의 결실들을 난해하다는 선입견 없이 대중과 공유하게 하는 중요한 매개가 되고 있습니다.

막스 리히터에게 비평적 찬사와 대중적 명성을 확고하게 한 곡은 초기 앨범 〈블루 노트북스The Blue Notebooks〉(2004)에 수록된 작품인 '햇빛의 본질에 대하여(On The Nature Of Daylight)'입니다. 이 곡에 붙여진 부제는 '엔트로피'입니다. 이 개념이 암시하듯 음악은 소멸로 나아가는 모든 존재의 운명에 필연적으로 수반되는 슬픔과 공허를 주제로 삼고 있습니다. 멜랑콜리의 본질을 향한다고 할 수 있지요.

막스 리히터는 이 한없이 깊은 슬픔의 심연을 보여주면서도 희미하지만 끊어지지 않는 생명과 희망의 빛에 대한 믿음을 느끼게 합니다. 이는 무엇보다 마음을 사로잡는 깨질 듯이 아름다운 멜로디를 통해 표현됩니다.

이 곡은 테드 창의 소설 「당신 인생의 이야기」를 캐나다의 영화감독 드니 빌뇌브Denis Villeneuve(1967-)가

영화화한 〈컨택트(The Arrival)〉(2016)의 시작과 끝에 삽입되어 더 널리 알려졌습니다. 매우 탁월한 원작 소설이지만, 정서적 효과에서는 영화가 더 인상적이었습니다. 주인공 루이스 역을 맡은 에이미 아담스의 놀라운 연기가 큰 몫을 했지만, 영화의 시작과 끝에 등장하는 막스 리히터의 이 곡 역시 영화가 이토록 깊은 정서적 울림을 갖는 데 결정적인 기여를 했습니다.

막스 리히터에게도 이 곡은 각별한 의미여서, 최근에 그는 이 곡을 새로 편곡해 한 교회에서 그의 동료 음악가들과 다시 연주해서 녹음했고, 연주 실황을 영상으로 공유하고 있습니다. 이 실황 영상을 보다 보면 멜랑콜리의 무게와 함께 슬픔과 우울을 포용하고 치유하는 음악의 힘을 느낄 수 있습니다.

이 음악을 영화 〈컨택트〉에 사용한 사람은 이 영화의 음악감독을 맡은 아이슬란드의 작곡가이자 연주가인 요한 요한손Jóhann Jóhannsson(1969-2018)입니다. 아까운 나이에 타계한 요한손은 최근에 눈에 띄게 부각되는 일련의 북유럽 현대 음악가 중에서도 각별한 존재감을 가지는 인물입니다. 영역과 장르를 초월해 독

창적이고 실험적이면서도 마음을 사로잡는 여러 음악
들을 남겼습니다.

〈사랑에 대한 모든 것〉(2014), 〈시카리오: 암살자의
도시〉(2015)와 같은 뛰어난 영화들의 영화음악가로 생
전에도 많은 인정을 받은 인물이지만, 그의 사후에 재
발매되거나 새로 발굴되어 발표되는 유작 앨범들을 듣
다 보면 요한손이 인간 본성으로서의 멜랑콜리에 대해
남다른 감각을 가지고 있었고 음악적 탐구와 표현에서
도 깊은 경지에 이르렀다는 인상을 받습니다.

그를 대표하는 음반인 〈'앵글라뵈른'과 변주곡
(Englabörn & Variations)〉을 듣다 보면 멜랑콜리는 인간이
경험하는 존재적 차원의 위기와 그것에 대한 치유 모
두를 향하는 근원적 감정이라는 것을 느끼게 됩니다.

모차르트, 건강한 멜랑콜리

멜랑콜리는 치유하고 돌봐야 하는 정서이기는 하
지만, 멜랑콜리를 제거하는 것이 반드시 행복한 삶을
의미하지는 않습니다. 방치해둔 멜랑콜리는 사막의 수

도사들이 '정오의 악마'라 칭하며 은수의 삶에서 가장 큰 적으로 꼽는 그리스어 개념 '아케디아(영적 나태, $\alpha\kappa\eta\delta\acute{\iota}\alpha$)'라는 죄의 뿌리가 됩니다. 인간을 소진하게 하고, 분노, 질시, 초조, 무기력, 정서적 불감증과 같은 부정적 결과를 초래하며 마침내 영성적 무관심과 도덕적 혼란이라는 '영혼의 죽음'에 이르게 할 수도 있기 때문이지요.

하지만 파스칼이나 키르케고르, 과르디니 같은 여러 위대한 철학자와 영성가의 모범에서 볼 수 있듯 어떤 멜랑콜리는, 각고의 노력으로 그 우울함에서 깊은 사유와 실천을 이끌어낼 수 있다면, 인간을 이상을 향하도록 고양시키며 고통 받는 다른 존재에 대한 진실한 공감으로 이끌어 줍니다. 이 경우 멜랑콜리는 정신적 존재로서 인간의 위대함을 보여주는 숭고한 시험대가 됩니다.

멜랑콜리라는 주제에서 우리가 유의해야 하는 것은 우울하고 슬픈 마음이 '있다'는 것에만 관심을 두는 것이 아니라, '어떻게' 우울하고 슬픈지를 살펴야 합니다. 멜랑콜리의 정서가 어디에서 왔는지, 어디로 가고 있는지, 흐르지 못하고 머물고 있는지를 질문해야 하는 것이지요. 철학자 임마누엘 칸트는 멜랑콜리가 숭고한 감정 속에서 인간의 존엄성을 실현할 때는 '건강한' 멜랑콜리로 승화될 수 있지만, 인간의 진실을 회피할 때는 병적 기질로 고착된다고 지적합니다(참조: 김동규, 「멜랑콜리아」, 문학동네, 2014).

어느 가을날, 나의 마음이 멜랑콜리에 젖은 것을 발견한다면, 두려워하거나 부정하기보다는 오히려 담대하게 '건강한 멜랑콜리'를 배우고 익히는 시간으로 삼으면 좋겠습니다. 멜랑콜리의 정서가 나를 고립시키는 것이 아니라 타인에 대하여, 시대에 대하여, 나아가 모든 존재에 대하여 깊은 연민과 연결을 느끼는 계기가 되도록 말이지요.

'건강한 멜랑콜리'를 말할 때, 우리는 모차르트의 음악을 떠올립니다. 그중에서도 그의 피아노 독주로 연주되는 〈환상곡 D 단조(K.397)〉와 그의 〈피아노 협주곡 23번(K.488)〉의 두 번째 '아다지오' 악장을 듣고 싶습니다. 멜랑콜리의 아름다움에 한없이 빠져들게 하면서도 마음에 우울함의 짐이 아니라 정화하고 치유하는 힘을 느끼게 하는 음악입니다.

프랑스의 유명한 피아니스트 엘렌 그리모Hélène Grimaud(1969-)가 2022년에 낸 음반에서 모차르트의 환상곡과 '카메레타 잘츠부르크'와 함께 연주한 모차르트의 피아노 협주곡 23번 연주를 모두 감상할 수 있습니다. 이 음반을 더 사랑하게 하는 것은 고귀하고 정제된 슬픔을 너무나 아름답게 표현하고 있는 우크라이나의 현대 작곡가 발렌틴 실베스트로프Valentin Silvestrov(1937-)의 '메신저The Messenger'가 독주와 협주 두 가지 연주로 함께 수록되어 있기 때문입니다. 이 음반의 제목 역시 〈메신저〉입니다.

모차르트의 음악이 어떻게 인간을 치유하고 고양시키는 멜랑콜리를 창조할 수 있는지는 신비에 가깝지만, 도미니코회 신부인 레기날트 링엔바흐의 모차르트에 대한 단상에서 조금은 그 비밀에 접근하게 됩니다. 멜랑콜리는 위기의 징후이자 구원의 가능성입니다. 그 구원의 길은 자비에서 열릴 것입니다. 슬픔을 아는 사람이 자비로운 사람이며, 자비로운 이에게서만 치유와 구원이 온다는 믿음이 있다면, 우리는 시대의 우울을 절망이 아니라 연민과 희망으로 맞이할 수 있을 것입니다.

아름다움과 빛의 완성, 그리고 모차르트를 듣는 사람은 이 완성이 전혀 비인간적이 아님을 이해한다. 그것은 결코 차디찬 빛이 아니다. 얼음 같은 아름다움이 아니다. 그것은 가득한 따뜻함이며 가까움이다. 이 완성은 그 호화찬란함으로 인해 인간을 억누르지 않는다; 그것은 인간의 궁핍을 모멸하거나 그의 노력을 비웃지 않는다. 모차르트는 그 완성이 이름 짓는 단어를 알며, 그의 음악은 이를 발음한다: 그것의 이름은 자비로움이다.

_레기날트 링엔바흐, 『하느님은 음악이시다』(김문환 옮김, 분도출판사, 1988) 55-56쪽

브람스와 말러, 인생의 엄숙함을 위한 좋은 벗

11월의 차가운 날씨와 쓸쓸한 풍경에 익숙해질 즈음이면 인생의 엄숙함에 대해 사색하는 것이 어울립니다. 라이너 마리아 릴케의 『기도시집』의 시구가 마음을 뭉클하게 하는 때입니다.

나는 만물에 드리워 점점 자라나는 원들 안에서 살아간다네.

그 마지막을 나는 끝내 완성하지 못하게 되겠지만, 그래도 애써보련다.

인생의 엄숙함은 당연히도 죽음의 그림자에서 기인합니다. 만추는 죽음과 이별이 드리운 그림자를 외면하지 말라는 내면의 소리에 귀 기울여야 하는 절기입니다. 바삭거리기 시작한 낙엽을 밟으며, 끝에 죽음이 기다리고 있는 인생은 짧고 유한하고 연약하지만 결코 헛되지 않고 자비로우신 신의 손길이 깃들어 있다는 것을 묵상합니다. 이러한 진실을 인정하고 받아들이는 사람은 인생의 매 순간이 지닌 소중함과 아름다움에 온전히 머물 수 있을 것입니다.

늦가을의 풍경은 인생의 엄숙함을 있는 그대로 껴안고 받아들이고 사랑하도록 초대합니다. 음악은 어떤 벗의 권고보다도 더 마음을 깊이 울리며 인생의 엄숙함에 침잠하게 이끌어 줍니다. 무엇보다 요하네스 브람스와 구스타프 말러의 음악이 이즈음의 시간에 절실하게 다가옵니다.

브람스Johannes Brahms(1833-1897)는 누구보다도 인

생의 슬픔과 우울과 고독을 뼛속 깊이 겪은 사람이며, 그 고뇌 속에서 한 발씩 인생길을 걸으며 위로를 찾으려 애쓴 사람입니다. 그는 심오하고 엄숙하면서도 내면적이고 섬세한 음악으로 유한자인 인간이 겪는 숙명과 절대자가 허락하는 위로가 만나는 순간을 보여줍니다. 성서의 구절들을 가사로 사용한 그의 쓸쓸하지만 아름다운 성악곡인 〈4개의 엄숙한 노래(Vier ernste Gesänge Op.121)〉(1896)는 늦가을에 더없이 어울립니다. 어떤 꾸밈도 없는 육성이 나지막하게 사랑을 담아 들려주는 작별인사 같습니다.

브람스는 〈4개의 엄숙한 노래〉를 그의 인생에서 참으로 소중한 사람이었던 클라라 슈만이 병으로 죽게 되었다는 소식을 듣고, 또한 브람스 자신 역시 간암으로 오래 살기 어렵다는 것을 알게 되었을 때 구상한 것으로 보입니다. 그는 이 작품을 자신이 죽기 바로 전 해에 완성합니다. 이 곡에서는 여러 성서 구절을 가사로 사용하는데, 젊은 시절부터 브람스가 각별하게 여긴 말씀일 것입니다.

첫 두 곡은 구약 성서 중 코헬렛의 3장 19-21절과

4장 13절에서 따왔습니다. 모두 인간사의 고통과 허무를 말하는 내용입니다. 세 번째 곡은 구약성서 중 '지혜문학'에 속하는 집회서의 41장 1-2절을 가사로, 현세의 향락을 즐기는 사람들에게 죽음의 엄숙함을 경고하고, 또한 죽음을 받아들이라고 권고하는 내용입니다. 3곡을 통해 인간의 운명에 대해, 유한함에 대해, 생과 죽음의 엄숙함에 대해 노래하고 나서 이제 마지막 네 번째 곡이 시작됩니다.

여기서 그는 사도 바오로가 코린토 인들에게 보낸 첫째 편지에 나오는 그 유명한 '사랑의 찬가'를 가사로 사용하고 있습니다. '사랑의 찬가'에 노래를 붙임으로써 브람스는 자신의 인생관과 종교관의 궁극적 종착점을 보여줍니다.

'지혜문학'은 본디 세상의 지혜에서 하느님의 지혜로 나아가는 인간이, 유한한 지상에서 인간사를 겪는 여정 동안에 벗이 되어주는 성서 말씀입니다. 이제 신적 지혜로 등정해야 하는 시기에 있는 인간에게는 세상사를 잘 이끌어가는 데 필요한 '인간적 지혜'만으로는 더 이상 충분하지 않습니다. 허무와 고통과 죽음이라는 인간의 유한성에서 오는 인생의 엄숙함을 받아들이고 겸손하게 하느님의 지혜를 기다려야 하는 때입니다. 그리고 인간의 사랑은, 하느님의 사랑에서 그 온전한 길을 찾는 '사랑의 찬가'에서 마침내 완성된다는 것을 브람스는 음악을 통해 고백하고 있습니다.

오늘날의 클래식 대표 감상곡, 말러

구스타프 말러Gustav Mahler(1860-1911)의 음악 역시 '인생의 엄숙함'을 위한 좋은 벗입니다. 보헤미아에서 태어난 유대인 말러는 음악의 중심지 빈에서 변방 출신의 이방인이었지만 탁월한 음악성과 함께 강한 의지와 카리스마로 거물 음악인으로 자리를 잡았습니다. 그는 당시 서양 음악의 중심지인 오스트리아 빈에서도 가장 중요한 음악적 상징인 오페라 하우스에서 지휘자이자 음악감독으로서 최고의 자리에 올랐습니다.

때로는 독재적이라고 비난을 받기도 하고, 그가 음악 선곡과 연주에서 관습을 타파한 개혁들은 여러 불화를 야기했고 개인적으로 어려움도 많이 겪었습니다. 그럼에도 그는 작곡가로서 세기의 전환기에 후기 낭만주의와 현대음악의 다리 역할을 했습니다. 바그너와 쇤베르크를 이어준 셈이지요.

하지만 당대에 말러는 작곡가로서는 그리 높은 평가를 받지 못했습니다. 미국에 초빙을 받았을 때도 지휘자이자 오페라 음악감독으로서의 능력을 인정받은 면이 더 컸습니다. 그의 사후에 미국을 중심으로 조금씩 일반인들에게도 말러가 작곡한 가곡의 아름다움이 알려졌고 일부 교향곡에 사람들이 관심을 가지긴 했지만, 꽤 오랜 세월 동안 말러가 남긴 거대한 교향곡들은 이해하기 어렵고 그 규모나 형식에서 균형을 잃은 '괴작'으로 여겨졌습니다. 클래식 애호가들에게는 즐기기보다는 '도전'해야 하는 무겁고 난해한 과제와 같은 곡이었습니다.

말러의 제자 브루노 발터 등의 명지휘자들의 연주가 점차로 말러를 일반 청중에게 익숙하게 하는 가운데 결정적으로는 레너드 번스타인 등을 통해 마침내 '말러 붐'이 현실이 되었습니다. 점점 자주 말러의 교향곡들이 주요 오케스트라의 기본 연주 곡목이 되면서 콘서트홀에서 가장 자주 연주되는 작품들의 반열에 오르게 되었지요.

특히 영화감독 루치오 비스콘티가 토마스 만의 동명 소설을 영상으로 옮겨서 유명해진 영화 〈베니스의 죽음〉(1971)에 말러의 〈교향곡 5번〉의 4악장 '아다지에토'가 사용된 것은, 이 작품과 그리고 말러의 교향곡 전체가 대중적인 관심을 얻게 하는 계기가 되었을 것입니다. '아다지에토'는 공교롭게 작년(2022)에 나온 두 편의 뛰어난 영화인 박찬욱의 〈헤어질 결심〉과 토드 필드의 〈타르Tár〉에서 매우 인상적으로 사용되었습니다.

이제 말러의 교향곡은 베토벤만큼이나 자주 연주됩니다. 많은 클래식 애호가들이 기꺼이 말러의 길고 장대한 음악을 듣고자 합니다. 지난 세대의 클래식 음악 감상을 대표하는 것이 헤르베르트 폰 카라얀이 지휘한 '베토벤 교향곡'이라면 오늘날은 클라우디오 아바도가 지휘한 '말러 교향곡'이라고 해도 큰 과장은 아닐 것입니다.

말러에 대한 관심이 이처럼 폭발적인 것은 그의 곡이 지금의 시대정신과 사람들의 정신적 위기와 갈망을 가장 잘 반영하는 동시에 또한 독특한 위로를 주기 때문이라고 생각합니다. 말러의 음악은 길고 복잡하지만

가을

고전적인 교향곡들처럼 구조적이고 웅장한 건축적 아름다움을 추구하는 것이 아니라 서로 이질적인 것들이 갑자기 만나는 낯선 순간들을 자주 체험하게 하기에 흥미롭습니다. 내적 분열과 파편화라는 현대인의 삶의 조건이 음악에 반영되고 있다는 해석이 가능합니다.

말러의 작품은 생의 고통과 혼란을 절실하게 담고 있으며, 인간 존재와 관계의 모순을 음악의 형식과 내용 모두에서 표현하고 있습니다. 또한 말러의 음악에는 믿을 수 없을 만큼 아름다운 순간이 있습니다. 인간이 아무리 절망과 체념에 사로잡혀 있다 하더라도 그 깊은 곳에는 초월의 갈망이 있고, 그 갈망은 헛되지 않음을 강렬하게 체험하게 합니다.

이러한 체험의 순간에 감상자는 말러 음악의 가장 심오한 비밀과 만나게 됩니다. 그러기에 그가 완성한 마지막 교향곡인 〈교향곡 9번〉의 마지막 악장 '아다지오'와 가곡 〈대지의 노래(Das Lied von der Erde)〉의 마지막 곡인 '작별(Der Abschied)'은 분명 말러 음악의 정점입니다.

〈대지의 노래〉는 말러가 9번 교향곡 이후 작곡가가 작고한다는 통념 때문에 교향곡적 규모이면서도 '가곡'이라고 분류했다고 알려져 있습니다. 이후 말러는 〈9번 교향곡〉을 작곡하지만 그 후 정말로 세상을 떠났고, 〈10번 교향곡〉은 미완성으로 남습니다. 그래서 〈대지의 노래〉는 일반적인 가곡이라기보다는 교향악의 규모와 세계관을 지닌 작품으로 볼 수 있습니다. 이태백, 왕유, 맹호연 등 중국의 명시들을 비교적 자유로이 번역한 시집을 읽고 감명을 받아 작곡한 6곡으로 구성되었으며 인생의 기쁨과 허무, 죽음과 초월을 노래하고 있습니다.

그 마지막 곡인 '작별'은 25분이 넘는 대곡으로, 콘트랄토의 비감한 목소리와 장중하면서도 초연한 관현악이 어우러져 〈대지의 노래〉 전체 주제를 아우르고 고양시킵니다. 말러에 대한 방대한 전기를 쓴 옌스 말테 피셔Jens Malte-Fischer의 표현처럼 이 곡은 인간의 고독을 '적나라하게 무방비 상태로 드러내며' 동시에 인간사의 기다림과 이별이 죽음을 상징하는 것임을 보여주고 있습니다(참조:『구스타프 말러』 2, 이정하 옮김, 을유문화사, 2018).

곡의 마지막에 서서히 반복되며 점차로 사라져가는 '영원히(ewig)'라는 가사는 깊은 여운을 줍니다. 살

아 있는 한 인간에게 이별의 아픔과 삶의 고민이 계속
되지만, 또한 숭고한 갈망과 위대한 희망 역시 '영원'하
리라는 작곡가의 인생관을 느낄 수 있습니다.

　　앞서 소개한 브람스의 〈4개의 엄숙한 노래〉는 바
리톤의 음색에 매우 잘 어울립니다. 그래서인지 역사상
가장 위대한 독일 가곡, 리트 해석자인 디트리히 피셔
디스카우Dietrich Fischer-Dieskau(1925-2012)의 음반을 자
주 듣게 됩니다. 또한 여성 콘트랄토나 메조 소프라노
역시 이 곡에 대한 좋은 해석들이 많습니다. 그중에서
도 잊지 못할 음반은 아깝게 요절한 전설적인 소프라
노 케슬린 페리어Kathleen Ferrier(1912-1953)의 목소리를
들을 수 있는 음반들입니다.
　　말러의 〈대지의 노래〉의 '작별' 해석 중 역시 캐슬
린 페리어가 브루노 발터가 지휘한 빈 필하모니와 연주
한 음반은 음반사에 절대적인 명반으로 남아 있습니다.
　　늦가을을 보내며 페리어의 노래로 브람스와 말러
의 음악을 듣습니다. 음악이 인생의 엄숙함을 사랑하
도록 이끌어 주고, 깊은 위로를 줍니다.

겨울, 영원을 향해

영원은 철학과 예술이 종교와 만나는 접점입니다. 영원을 향한 그리움은 인간 존재 안에 뿌리내리고 있으며 종교성의 본질이 바로 여기에 있습니다. 철학과 예술은 영원을 향하는 인간의 마음에 언어와 형태를 부여합니다. 이때, 인간 존재가 영원을 향하는 것과 인간이 죽음을 두려워하며 불멸과 불사에 대한 욕망을 갖는 것을 구분해야 합니다.

사람들은 종종 영원에 대한 고귀한 갈망을 간직하는 대신에 죽지 않으려는 헛된 욕망에 사로잡힙니다. 심지어 종교적 실천에서도 이러한 전도가 나타날 수 있습니다. 영원을 동경하는 것은 인간을 겸허하고 고귀하게 하지만, 불멸에 집착하는 것은 인간을 맹목적이게 하고 삶을 황폐하게 만듭니다.

죽음을 두려워하고 어떻게든 끝까지 살아남으려는 것은 생명체인 인간에게 본능입니다. 그래서 불멸에 대한 욕망이라는 원초적 욕구는 문명화 과정에서도 사라지지 않고 오히려 강화되었습니다. 고대 사회가 남긴 거대한 유적에서 그러한 욕망을 읽어내는 것은 어렵지 않으며, 근대 이후 과학의 시대에도 이는 끊임없이 변주되는 주제입니다. 불사와 불멸에 대한 열망은 인간이 위대한 업적을 이루도록 추동하는 힘이 되기도 하나 불멸에 대한 욕망이 정화되고 승화되지 않을 때 인간에게는 파괴적인 결과만이 남습니다.

여러 신화들은 이에 대한 경고를 전해줍니다. '에다'나 '니벨룽겐' 등 북유럽이나 게르만 영웅 신화가 종종 불멸할 것 같은 영웅의 죽음이라는 비극으로 종결되며, 그리스 신화와 비극에서 불멸에 대한 욕망을 파국을 부르는 '오만(휘브리스ὕβρις)'이자 '흠결(하마르티아 ἁμαρτία)'로 단죄합니다.

영원에 대한 그리움에는 불멸에 대한 고삐 풀리고 광포한 욕망과 달리, 사멸하는 인간 존재를 있는 그대로 받아들이는 겸허함과 숭고함이 있습니다. 언젠가는 다가올 죽음을 인간에게 필연적인 것으로 받아들이는 마음은 인간의 삶에서 매우 중요합니다. 이것은 숙명론이나 염세주의와는 다릅니다.

'오라, 죽음이여!'라고 의연하게 말할 수 있는 사람은 인간이 지닌 약함과 불완전함과 인생사에 예측할 수 없는 우여곡절이라는 '인간 조건(conditio humana)'을 인생 안에 통합할 수 있습니다. 죽음을 두려워하고 부정하고 분노하며 힘을 소진하는 것이 아니라, 아직 살아 있는 시간이 남은 인생에 진심으로 고마운 마음을 지니고 하루하루를 기쁘게 살며 행복을 추구합니다. 지혜로운 삶은 여기서 시작합니다.

죽음을 받아들이고 유한한 인생을 사랑하는 것이 눈에 보이고 손에 잡히는 것만을 모든 것으로 여기며 안주하라는 의미는 아닙니다. '별을 헤아리는' 마음으로 자신의 내면을 살피고 부끄러움을 아는 것 역시 중요합니다. 보이지 않는 고귀한 가치를 추구하고 새기는 마음에서 영원에 대한 그리움은 드러납니다. 그럴 때 인간은 구체적 일상 안에 발을 디디고 살고 있으면서도 동시에 이 세상과 생명체로서의 본성에 갇히지 않으며, 진정한 자유 안에서 살아갈 수 있습니다.

긴 세월이 흘렀지만 여전히 많은 사람들이 '선의 이데아'를 가리키는 플라톤의 철학에 공명하는 것은 영원에 대한 그리움이 인간 존재 깊은 곳에 씨앗처럼 존재하기 때문일 것입니다. 인간 조건을 수용하는 마음과 보이는 존재를 넘어 영원을 향하는 마음이 함께하는 곳에서 인간은 정녕 인간다워집니다.

철학은 영원에 대한 그리움을 '내재'와 '유한'에 대비되는 '초월'의 개념으로 사유합니다. 인간은 그 자신이 초월의 존재는 아니지만, 영원에 대한 그리움을 가지고 그곳으로 향하도록 자신을 평생 도야해 갈 수 있기에 초월성에 참여하게 됩니다. 철학적 인간학은 인간의 위대한 본질인 '정신'은 결국 영원을 향하고 그곳을 향해 개방되어 있는 초월성에서 완성되는 것이라고 알려줍니다.

영원을 향해 상승하고 등정하는 인간의 초월성은 철학의 시작부터 언제나 인간에게 가장 중요한 과제이자 특권으로 찬미되었습니다. 인간 존재의 초월성은 무엇보다 진리와 아름다움과 선을 사랑하고 추구하는 삶의 여정에서 그 모습을 드러냅니다. 인간의 위대한 이 과업을 아마도 가장 아름답게 서술한 철학적 장면을 플라톤의 『향연』에서 만납니다. '에로스'와 '아름다움'을 주제로 디오티마가 가르치는 마지막 대목입니다.

이 아름다운 것들에서부터 시작하여 저 아름다운 것을 목표로 늘 올라가는 것 말입니다. 마치 사다리를 이용하는 것처럼(……) 마침내 저 배움으로, 즉 다름 아닌 저 아름다운 것 자체에 대한 배움으로 올라가게 됩니다. 그렇게 되면 마침내 그는 아름다운 바로 그것 자체를 알게 되는 거죠. _플라톤, 『향연』(강철웅 옮김, 아카넷, 2020) 146-147쪽

베토벤 〈소나타 32번〉을 들으며

　위대한 음악은 때로는 종교나 철학보다 더 감동적으로 영원을 향한 인간의 초월성을 증언합니다. 베토벤의 심오한 후기 작품들은 그 탁월한 예지요. 〈장엄미사(미사 솔렘니스)〉, 〈후기 현악 사중주〉와 〈후기 피아노 소나타〉가 그렇습니다. 그중에서도 가장 마지막 소나타인 〈소나타 32번〉을 영원을 향하는 인간 존재를 생각하며 듣고 싶습니다.

　이 곡은 일반적인 소나타 구성과 다르게 단 두 개의 악장으로 구성되어, 예로부터 베토벤이 자신이 사랑했던 피아노 소나타라는 형식에 대해 작별인사를 하는 곡이라는 평이 있습니다. 이 곡의 두 번째 악장은 '아리에타(작은 노래)'라는 지시가 붙어 있습니다. 당시의 대중적인 노래에서 유래한 소박한 멜로디로 시작하는 변주곡입니다. 그 단순한 형식에 담긴 명상적이고 숭고한 악상들과 분위기는 세속적인 것과의 작별, 일체의 집착에 대한 소멸, 초월과 영원을 떠오르게 합니다.

　숱한 연주가들이 이 곡의 아름다움을 표현하려 최선을 다했고, 수많은 음악 평론가들과 작가들이 여기에 찬사와 헌사를 바쳤고, 참으로 많은 사람들이 이 곡에서 위로와 평화를 얻었습니다. 그중에서도 중국의 피아니스트 주 샤오메이의 음악 에세이에 실린 이 곡에 대한 감상은 각별하게 다가옵니다.

주 샤오메이는 어린 소녀 때 이미 음악적 재능을 보였지만 문화혁명의 광풍 속에 온갖 시련의 시기를 보내고 존경하는 스승들도 잃게 됩니다. 그는 여러 파란과 우여곡절 끝에 프랑스로 이주할 수 있었고 이국 땅에서 마침내 뛰어난 음악성을 인정받아 녹음과 연주회 등 본격적인 활동을 하게 됩니다. 오늘날 그는 깊고 명상적인 바흐 연주로 높은 평가를 받는, 잘 알려진 피아니스트입니다.

그가 자신의 인생과 음악관을 풀어내고 있는 자서전『마오와 나의 피아노』(배성옥 옮김, 종이와 나무, 2017)를 보면 그에게 바흐의 〈골드베르크 변주곡〉과 함께 베토벤의 마지막 〈소나타 32번(작품번호 111)〉은 각별한 의미가 있다는 것을 알 수 있습니다. 이 책의 마지막 장에서 주 샤오메이는 베토벤의 마지막 피아노 소나타의 두 번째 악장이자 마지막 악장인 '아리에타'가 주는 정신적 차원에 대해 매우 인상적으로 밝혀주고 있습니다.

그는 가장 지혜로운 자는 감옥에 갇히고 모욕과 중상을 당하는 상황에서도 자신 안의 '참된 자유'를 깨달은 사람이며 베토벤의 이 작품이야말로 그러한 내적 경지를 가장 훌륭하게 표현한 작품이라고 말합니다. '아리에타' 악장이 변주곡의 형식을 취한 것은 영원을 향해 가는 인간의 초월적 자세를 표현하기에 이상적이기 때문인데, 영원을 향한다는 것은 곧 변모의 여정이기 때문이라고요. 결국, 인간이 초월과 영원을 향해 변모하는 여정은 그에 의하면 이렇게 표현할 수 있습니다.

> 그러고는 세상의 영광을 기리는 찬미가가 울려 퍼지는 듯, 처음의 주제가 다시 나타난다. 마지막으로 모든 소리가 흩어지면서 일종의 허무 속으로 가라앉는 바, 이 또한 영원을 향하여 솟아오르기 위한, 지상으로부터의 초월이 아닐까 싶다. 최상의 지혜가 바로 여기에 있는 것이다. _「마오와 나의 피아노」 384쪽

겨울에 가끔씩 우리는 죽음과 소멸의 적막함을 감지합니다. 그러나 모든 것이 가만히 죽은 듯이 잠자는

시간 속에도 보이지 않는 곳에서 '변모'가 일어나고 있다는 것을 희망하고 믿습니다. 이것은 인간의 위대한 정신의 힘이지요. 영원을 향한 그리움과 초월을 향해 나아가는 태도는 일상의 기쁨과 슬픔 안에서도 체험하고 연습할 수 있습니다.

인간은 영원을 향하여 걸어가며 지상에 머물면서도 이미 영원 '안에서' 존재하고 숨 쉬고 살아갑니다. 영원을 향하는 인간의 길을 영성에서는 '신비 안에 사는 법'이라고 말합니다. 영원을 그리워하는 사람은 신비 안에 사는 법을 배우며 그 그리움을 지상의 삶에서 불완전한 방식으로나마 조금씩 채워갑니다. 용서하고, 사랑하고, 감사하고 경탄하는 작은 마음과 몸짓들이 여기에 속합니다. 겨울은 이를 깨닫고 배우는 시간입니다.

〈기생충〉이 일깨우는 '마음을 아는 사유'

사람들은 서서히 과거 시제로 지난 몇 년의 시간을 말하기 시작합니다. 어쩌면 누군가는 가브리엘 가르시아 마르케스의 유명한 소설의 제목에 빗대어 '코로나 시대의 사랑'이라는 회고의 소설을 이미 쓰고 있는지 모를 일입니다.

지난 몇 년 동안도 변함없이 찬란한 계절들은 찬연하게 여러 번 왔다갔으며 자연은 어김없이 자신의 일을 시간 속에서 해냈습니다. 다만 사람살이는 답답한 터널 속에 갇혀버린 듯합니다. 우울과 절망에 아까운 인생의 날들을 흘려보내며 지쳐버렸던, 어두운 시절의 상흔은 여전합니다. 때로는 국가의 무능력과 무책임에 분노하기도 했고, 잔뜩 날을 세우고 서로가 서로를 탓하는 부끄러운 모습을 보기도 했습니다.

하지만 시민의 용기 있는 연대와 따뜻한 상호 돌봄이야말로 난세에 공동체를 버티고 살리는 힘이라는 것을 배운 시간이기도 했습니다. '각자도생'이라는 생각을 부추기고 당연시하는 분위기가 얼마나 치명적으로 모두의 삶을 망치는 것인지도 알게 되었습니다. 서로 접촉을 피해야 하는 상황에 닿아서야, 아이러니처럼 '누구도 섬이 아니다'라는 인간의 본질을 절실히 느끼게 되었습니다.

이제 우리는 안전과 존엄과 사랑을 서로에게 의존하고 있으며, '공동의 집'에 살고 있는 공속성에서 모두가 예외는 아니라는 통찰을 점점 더 확고하게 하는 사회적 과제를 마주하고 있습니다. 주변으로 밀려난 약자가 사회의 보호와 지원과 인간적 존중에서 예외여서는 안 된다는 믿음이 사회 안에 굳건히 자리 잡을 때,

겨울

우리 각자는 비로소 스스로를 지킬 수 있으며 회복과 치유가 있는 삶을 기대할 수 있습니다.

함께 연대하고 서로 관심을 가지고 살피는 작은 체험들은 소중합니다. 연대와 돌봄은 실천을 통해 공감하고 아끼는 마음으로 자라날 때 비로소 추상적 표어에 그치지 않고 실제로 사회를 움직이는 힘이 됩니다. 위기의 시간에 경험했던 헌신의 순간들을 기억하고 키워간다면 인간 존엄이 경제적 이익보다 더 존중되는 사회가 되는 것이 불가능하지 않으리라는 희망을 간직하고 싶습니다. 이는 지난 몇 년을 단지 '잃어버린 시간'으로 만들지 않는 길이지 않을까요.

어려운 사람들에게 더 힘겨운 추운 겨울에 지난 몇 년간을 돌이켜보고 연대와 돌봄이 살아 있는 따뜻한 사회를 꿈꾸며 영화 〈기생충〉(2019)을 다시 생각해 봅니다. 팬데믹의 어두운 그늘이 바야흐로 세상을 집어삼키기 시작하던 2020년 2월에 많은 이들을 환호하고 감격하게 했던 소식은, 영화 〈기생충〉이 '아카데미 영화상'의 작품상을 포함해 주요 4개 부분을 휩쓴 사건이었습니다. 〈기생충〉은 이미 그 전년도 5월, 권위 있는 프랑스 칸 영화제에서 그랑프리를 받고 우리나라만이 아니라 전 세계적으로 극찬을 받았는데, 영화를 감독한 봉준호 감독은 아카데미 시상식을 통해 인정과 명성의 정점에 올랐습니다.

이 작품이 이토록 전 세계적으로 폭발적인 반응을 얻은 이유 중 가장 중요한 것은 이 영화가 보여준 '시대정신'이라고 생각합니다. 영화 〈기생충〉은 부와 가난이 대립하는 양극화된 세상이 위태로운 기반에 서 있으며 모두를 파멸로 몰고 가고 있음을 서늘하면서도 강렬하게 보여주는 데 성공했습니다.

칸 영화제 수상 얼마 후 영화는 국내에 개봉되었습니다. 외신으로만 전해 듣던 영화를 마침내 볼 수 있어서 개봉 첫 주에 설레며 극장으로 보러 간 기억이 여전합니다. 영화를 보는 내내 정말 잘 만든 영화라는 감탄을 했었습니다. 흥미로운 상징들, 영상과 음향 등 모든 영역에서의 완벽한 만듦새, 극찬이 아깝지 않은 배우들의 뛰어난 연기, 날카로운 동시에 애잔한 풍자와 유머, 장르의 특징을 절묘하게 비트는 능란하면서도 참신한 연출 등 대중영화와 예술영화에서 기대하는 요소를 모두 만족시키면서도 그 한계를 넘나드는 영화였고, 영화를 사랑하는 사람들이 영화에서 흥미와 의미 모두를 얻을 수 있는 영화였습니다.

그리고 관객을 사로잡으면서도 수동적으로 남아 있지 않게 하는 힘이 남다르다는 생각이 들었습니다. 영화 〈기생충〉은 사회학적이고 정치학적인 인식과 더불어 감각으로만 포착할 수 있는 이 시대 사람들 심성의 병리적 모습에 대한 구체적 징후를 잘 연결하고 있었습니다. 또한 구조적으로 잘 통제되어 있으면서도 관객의 상상력과 해석을 위한 공간이 열려 있다는 인상을 받았습니다.

영화에 존재하는 이런 복합적 차원이 서로 부딪히고 연결되면서 관객은 인식하고 의심하고 질문을 던지고 깊이 성찰하게 됩니다. 그 결과 이 영화는 사유를 불러일으키는 동시에 강한 정서적 인상을 남기는 드문 경지에 이르렀습니다. 이 영화가 불과 몇 년 사이에 '우리 시대의 고전'이라는 평가를 얻기 시작한 가장 큰 힘은 바로 마음을 울리는 정서적 호소력에 있다고 생각합니다. 그리고 이 호소력은 즉각적 감상의 차원을 넘어 깊고 오래 지속됩니다. 사유와 마음을 연결해 주기 때문이지요.

〈기생충〉은 미학적 아름다움과 지적 자극으로 가득하지만 근본적으로 관조를 위한 예술 영화가 아니라 우리의 행동과 변화를 요구하는 영화입니다. 따라서 우리 마음을 무겁게 하는 영화이며, 끝까지 보는 것이 결코 쉽지 않은 영화입니다. 지성만이 아니라 감정과 마음의 수고를 요구하기 때문입니다. 역설적으로 이것이 이 영화의 가장 큰 미덕입니다. 영화가 들려주는 이야기와 보여주는 장면들을 외면하지 않는 관객은 시대의 깊고 어두운 심연과 만나게 됩니다. 이 영화를 제대로 본다는 것은 그 심연을 향하는 여정에 영화 내내 함께하는 것을 의미합니다.

영화는 경제적 차이가 어느덧 사람들 사이에 서로를 인격으로 대하는 것을 불가능하게 할 정도로 깊은 골을 만들고, 원망, 멸시, 혐오, 선망 같은 엉클어진 감정이 정체성과 관계를 규정하는 '지옥도'를 보여주는데 그 잔상은 오래갑니다. 시간이 지나도 영화에서 느끼는 당혹감과 씁쓸함을 떨쳐버리기 어렵습니다. 이러한 감정은 우리의 사유에도 영향을 줍니다. 더 이상 무심하고 기계적으로 세상일을 대할 수 없으며, 숫자와 효율로만 생각하고 판단하는 행위가 함축하는 비인간성을 외면할 수 없게 합니다. 이미 우리의 마음 역시 상처를 입었기 때문입니다.

상처를 입은 마음만이 시대의 상처에 닿을 수 있습니다. 상처 입은 마음을 아는 사유만이 상처를 회복하고, 올바로 문제를 제기하고 근본적인 답을 찾을 수 있습니다. 영화는 우리가 너무 늦기 전에 '지하실'로 가는 계단을 막고 있는 큰 장을 치워버려야 한다고 경고하고 있었던 것 같습니다. 영화는 주로 사회적 차원에서 불평등과 그 회복의 가능성에 대해서 질문하고 있는 듯싶지만, 동시에 개인의 삶이 어떻게 회복되고 치유될 수 있는지에 대해서도 생각하게 합니다.

너무 늦지 않게 '반지하'와 '지하실' 안에서 어쩔 수 없이 스스로 자신을 유폐하고 있는 사람들을 환한 거실로 초대하고 회복과 치유의 기회를 주어야 합니다. 한 사람이라도 더 '마음을 아는 사유'를 행할 수 있다면 회복의 시대는 우리에게 그만큼 더 빨리 도달할 것입니다.

영화 〈기생충〉이 화제가 된 후 뒷이야기에 대한 매

우 많은 기사가 있었습니다. 특히 인상적이었던 것은 감독이 영화를 함께 만드는 사람들을 존중과 예의로 대하고 그들의 작업 조건을 개선하고 법적인 권리를 지켜주기 위해 노력하고 배려했던 것에 대한 보도들이었습니다. 사실 '치유'는 진실을 말하는 용기만으로는 부족합니다. 그 길을 함께 걸어가는 사람이야말로 진정 그런 말을 할 자격이 있는 사람입니다.

연대와 돌봄, 회복과 치유의 길은 혼자 걷는 길이 아닙니다. 스스로도 회복되고 치유되며, 타인이 회복하도록 돕고 돌봄으로써 세상을 치유하는 데 기여하는 삶이야말로 행복한 삶이라고 생각합니다. 영화를 다시 음미하면서 "마음은 지성과 다른 논리를 가지고 있다"라는, 블레즈 파스칼이 『팡세』에 적어둔 유명한 경구를 떠올립니다. 그리고 이렇게 살짝 변주해 봅니다.

"우리에게는 사유하는 마음과, 마음을 아는 사유가 필요하다, 인간으로서 살기 위해서는."

겨울

정재일 음악감독과, 록 뮤지션 스티븐 윌슨을 듣다

영화 〈기생충〉은 정재일 음악감독의 음악으로도 호평을 받았습니다. 바로크 시대의 모음곡이나 신고전주의 음악의 느낌이 나는 주선율을 포함해 담백하면서도 다채로운 색깔의 음악이 영화가 지닌 예리한 아이러니를 잘 살린다는 인상을 받았습니다. 음반으로 음악만 전체적으로 듣고 있으면, 감정적으로 메마르지 않고 풍부하면서도 절제된 흐름이 인상적입니다. '믿음의 벨트' 곡은 음악만으로도 오래 기억될 것 같은 예감을 줍니다.

영화 〈기생충〉이 집중하고 있는 주제를 생각하다가 영화의 주제 음악과 함께 영국의 록 뮤지션 스티븐 윌슨 Steven Wilson(1967-)의 음악도 함께 소개하고 싶어졌습니다. 오늘날 프로그레시브 록의 가장 뛰어난 대표자라고 평가되는 스티븐 윌슨은 과거의 전설적 그룹인 킹 크림슨, 제네시스, 제스로 툴 등의 명반을 재편집한 일련의 작업들에서 볼 수 있듯 작곡, 연주, 노래 등 기술적 요소를 포함한 음악의 전 영역에 통달한 사람입니다.

그의 음악 활동의 중심은 1980년대 후반에 결성되어 지금도 앨범을 내고 있는 그룹 포큐파인 트리Porcupine tree이지만, 2000년대 들어 꾸준히 내놓는 독집 앨범들도 매우 훌륭합니다.

그는 프로그레시브 록, 헤비메탈, 사이키델릭, 심포닉 록, 팝 등 다양한 장르의 음악을 자유자재로 구사하는데, 상처 입은 감정과 연민에 대한 매우 감동적인 곡을 꾸준히 발표하고 있습니다. 초창기 앨범인 〈The Raven That Refused to Sing〉, 〈Routine〉을 거쳐, 2017년 앨범 〈To the Bone〉에 실린 '국외자(Pariah)'와 '쓰레기 더미(Refuse)'는 사회적 주변부로 몰린 사람들의 가혹한 삶과 마음의 상처에 대한 절규와 공감을 개인적이면서도 사회적인 차원에서 표현한 명곡들입니다.

스티븐 윌슨의 음악의 진수를 2018년 로얄 알버트 홀 실황앨범인 〈홈 인베이젼Home Invasion〉에서 보다 강렬하게 만끽할 수 있는데, 공연 영상도 함께 수록되어 있습니다. 스티븐 윌슨과 함께 노래를 부르는 이스라엘 출신의 여성 가수 니네 타예브Ninet Tayeb의 열창도 잊지 못할 체험입니다.

영화 〈기생충〉과 스티븐 윌슨의 음악과 함께 자신을 소외시키는 것과 타인을 소외시키는 것, 자신의 안식처를 찾는 것과 타인의 안식처를 위해 돕는 것은 서로 분리될 수 없다는 것을 생각합니다. 나의 치유와 타인의 치유와 사회의 치유는 언제나 같은 뿌리를 가진다는 것을 기억합니다.

차이콥스키를 듣는 겨울밤

겨울이 막 빠져나가려 하고, 봄은 문 앞에서 기다리는 밤입니다. 이번 겨울 동안 매섭게 추운 날들을 견뎌야 했습니다. 그래도 마음을 달래주는 함박눈도 만났고, 차가운 겨울날을 가르며 다가온 햇빛에 정신이 맑아지는 순간도 있었습니다. 울적한 날들도 있었지만 소중한 추억으로 남을 멋진 일들도 있었습니다. 그러니 겨울이 준 선물에 감사할 일입니다.

겨울

이제 움츠렸던 몸을 펴고, 가벼운 옷도 꺼내보며 설레는 마음으로 봄을 기다리지만, 겨울을 보내는 마음 한쪽에 아직 아련함이 있습니다. 봄의 예감에 마음이 울컥하는 것은 다가오는 봄날에 대한 반가움 때문만이 아니라, 미처 보내지 못한 겨울의 기억에 어느새 물들어 있기 때문이겠지요.

겨울과 작별을 준비할 때는 방에 있는 묵은 먼지만 청소하는 것이 아니라 마음에도 신선한 바람이 불어오게 해야 합니다. 가을이 다 갈 즈음에 외부에서 정원사 분들이 오셔서 며칠간 신학교 동산을 정돈하시던 작업을 떠올려 봅니다. 나무 손질이 끝나도 일은 남는데 이제부터는 학생들의 몫입니다. 장작이나 장식으로 쓸 법한 둥치와 가지들을 따로 솎아내 모아두는 것뿐만 아니라 이미 치워야 했는데 몇 년씩 남아서 썩어가는 낙엽들과 여기저기 쌓여 있는 나뭇가지를 끌어내서 망태에 담는 것도 큰 일감입니다. 나중에 보면 여러 트럭 분량이 되지요.

매일 아침마다 산책을 하면서 익숙해진 길과 나무들인데 사실 자세히 들여다본 적이 없었던 것 같습니다. 이렇게 치울 것이 많았는지 몰랐습니다. 정원과 동산을 돌보는 것이 가을의 끝에 할 일이라면 마음을 가지런하게 하는 것은 겨울의 끝에 어울리는 일이겠지요. 이제 다시 기운을 차리고 씨앗을 뿌리는 봄이 올 것이니 말입니다. 마음에 미련이나 허울로만 남은 것이 여전히 많이 있으니 가지를 치고 낙엽을 치우듯 잘 살피고 달래며 매듭을 짓고 싶습니다. 그래야 제대로 숨을 쉬고 신선한 바람을 맞이할 테니까요.

겨울의 끝자락에 생활의 공간 곳곳을 정갈하게 깨끗이 치우고, 짐이 되는 생각과 일을 내려놓고 마음을 차분하게 가라앉히느라 애쓰면서 하루를 보낸 후, 밤이 되면 기꺼이 '달콤 쌉싸름한 감상感傷'을 두려움 없이 맞이합니다. 가뿐한 마음과 명료한 정신으로 새로운 일이 시작되는 봄날을 맞이하기 전, 마치 긴 여정을 떠나는 여행자가 여행을 떠나기 전 마지막 밤에 상념에 젖어들듯 '겨울의 마지막 밤'에 차이콥스키를 듣습니다.

러시아의 음악가 표트르 일리치 차이콥스키Pyotre Illich Tchaikovsky(1840-1896)는 서양 클래식 음악가 중에서 손꼽히게 대중적으로 많은 사랑을 받는 작곡가이지

겨울

만 은근히 폄하되기도 합니다. 과잉된 감정이 앞서서 음악적 절제와 격조가 부족하고 '센티멘탈'한 정서에 쉽게 굴복한다는 것이지요. 그는 섬세한 감성과 높은 교양, 탁월한 재능으로 일찌감치 음악가로서 명성과 사회적 지위를 얻었지만, 불행한 결혼 등 여러 가정사의 문제들로 살면서 내내 불안과 갈등에 시달렸고, 마침내 (아마도) 스스로 비극적으로 생을 마감하도록 내몰렸습니다.

그는 아름다운 선율을 창조하는 데 독보적인 천재성을 보였고 여러 교향곡과 발레곡 등을 작곡할 정도로 관현악법에 통달한 대가였음에도, 타고난 기질과 인생사의 굴곡 때문에 고전 음악에서는 이례적으로 격정과 슬픔의 감정을 밑바닥까지 치닫게 하는 감상적인 음악을 창조하게 되었는지도 모릅니다. 그리고 여기에는 '러시아적' 정서로 종종 언급되는 격정과 과잉의 문화적 경향도 영향을 주었을 것입니다. 실제로 그는 오늘날까지 문학의 푸시킨, 미술의 레빈과 함께 근대 이후 러시아 문화와 정서에 원점이 되는 인물이라 할 수 있습니다.

클래식 음악에 입문할 때 차이콥스키에 푹 빠져본

경험이 없는 사람은 드물 것입니다. 저도 클래식 음악을 라디오로만 듣다가 초등학교 6학년 때 처음으로 '카세트테이프'로 하나씩 사 모으기 시작하며 제대로 음악에 빠져들던 시기에, 특히 정경화가 독주를 맡은 차이콥스키의 〈바이올린 협주곡〉을 좋아해서 그 음악 카세트테이프를 백번 쯤 들었던 기억이 있습니다.

그러다 차이콥스키의 감상적인 음악이 좀 부담스러워지기 시작하는 순간이 왔는데, 바흐 음악에 본격적으로 빠져든 시기와 겹칩니다. 그 후, 오랫동안 차이콥스키 특유의 감상주의가 부담스럽게 느껴졌고 그런 면이 두드러진다 싶은 몇몇 유명한 곡들은 일부러 꺼렸습니다.

세월이 가고 나이가 들고, 어느새 다시 감상적인 음악에 너그러워졌습니다. 인생에는 적정량의 '감상주의'가 필요하다는 것을 이제는 알게 되었습니다. 계절이 바뀔 때라면 그 변화에 맞추어 때로는 '센티멘탈'한 정서에 잠겨보는 것이 오히려 정신적, 감정적으로 건강하다는 나름의 깨달음을 갖게 되었습니다.

이제 기꺼이 차이콥스키의 감상적인 곡들을 찾습

니다. 클래식에 대한 지식과 감상 경험이 적은 사람들도 단박에 사로잡히고 위로와 감동을 받는 차이콥스키의 음악의 힘에 공감합니다. 삶의 고통에서 절절하고 아름다운 음악을 길어내 헤아릴 수 없는 수많은 사람들의 잠 못 이루는 밤에 벗이 되게 한 그가 고맙습니다.

마침내, 차이콥스키

영화 〈헤어질 결심〉의 표현처럼, '마침내' 차이콥스키의 〈교향곡 6번(비창)〉과 〈피아노 협주곡 1번〉을 듣습니다. 오랜 세월을 돌아와 이제야 이 두 유명하고 위대한 명곡의 진면목을 알게 된 듯합니다. 음악이 이끄는 대로, 억누르고 있던 인생의 슬픔과 환희에서 터져 나오는 목소리를 듣고 싶습니다.

예전에 '비창' 교향곡을 처음에 들을 때, 누구나 추천하는 헤르베르트 폰 카라얀이 지휘한 베를린 필하모니와 예브게니 므라빈스키가 지휘한 레닌그라드 필하모니의 연주라는 '절대적 명반'들로 감상했습니다. 여전히 이 음반들이 주는 감동은 압도적입니다. 이에 더

해서 라트비아 출신으로 21세기를 대표하는 거장이었던 마리스 얀손스(1943-2019)가 비교적 젊은 시절에 오슬로 필하모니를 지휘해서 녹음한 음반도 인상적이었습니다. 마리스 얀손스는 유럽을 대표하는 오케스트라 중 하나인 바이에른 방송 교향악단을 오래 이끌었고, 독일에 있을 때 여러 번 그의 지휘를 통해 교향악의 진수를 맛볼 수 있었기에 개인적으로 친숙하고 고마운 감정까지 드는 지휘자입니다.

한편, '비창' 교향곡을 다시 여러 번 듣고 더 좋아하게 이끈 음반들은 지금 세대를 대표하는 동년배 두 명의 뛰어난 지휘자의 음반입니다. 널리 알려진 곡들을 전혀 관습적이지 않고 신선하게, 때로는 당혹스러울 정도의 파격적 해석으로 음악계에 새바람을 일으킨 그리스 태생의 러시아 국적의 지휘자 테오도르 쿠렌치스(1972-)가 무지카에테르나MusicAeterna와 연주한 녹음과, 키릴 페트렌코(1972-)가 베를린 필하모니의 새 상임지휘자가 되어 취임 후 처음으로 내놓은 녹음은 이 곡이 가진 매력에 새롭게 다가가게 합니다.

얼마 전 피아니스트 조성진이 정명훈이 지휘하는

겨울

드레스덴 슈타츠카펠레와 함께 많은 이들이 고대했던 국내 협연을 하면서, 차이콥스키의 〈피아노 협주곡 1번〉을 연주했습니다. 이 연주회를 가보지는 못했지만 이 곡을 멀리 했던 때에도 간간히 들었던 불멸의 피아니스트들의 명연주 음반이 있습니다.

지금 제 앞에 세 장의 음반을 꺼내놓습니다. 토스카니니가 지휘하는 NBC 심포니와 함께했던 블라디미르 호로비츠의 연주(1943년), 헤르베르트 폰 카라얀이 지휘하는 빈 심포니와 함께한 스비아토슬라프 리히터의 연주(1963년), 그리고 키릴 콘드라신이 지휘한 바이에른 방송 교향악단과 협연한 마르타 아르헤리치의 연주(1980년)입니다. 음반을 올려놓고 폭풍 같기도, 꿈결 같기도 한 음악을 거장들의 불꽃 같은 연주로 들으며 지나간 겨울의 시간을 다시 떠올립니다.

오랫동안 외면했던 차이콥스키의 걸작들이 한편에 있었다면, 늘 좋아했던 차이콥스키의 곡들도 있습니다. 그중 하나가 〈플로렌스의 추억(Souvenir de Florence)〉입니다. 듣다 보면 인간의 희로애락과 여러 결의 감정을 따라 내면으로 여행을 하는 느낌이 들게 하는 아름다운 곡입니다. 산다는 것의 기쁨과 슬픔, 쓸쓸함과 위안이 교차하는 음악을 들으며 인간에 대한 연민과 삶의 무게를 느끼게 되지만, 그럼에도 인생은 궁극적으로 선물이라는 믿음도 발견합니다.

차이콥스키가 여러 복잡한 상황에서 겪은 압박과 고민에서 잠시 벗어나고자 머물렀던 이탈리아 플로렌스에서의 추억을 떠올리며 작곡한 대목이 담겨 있어 이러한 표제가 붙었다고 합니다. 찬란했으나 평화가 없었고 비극적이었던 작곡가의 생애처럼, 플로렌스에서의 나날 역시 행복한 것만이 아니라 고민과 비탄이 그림자처럼 따라다녔을 거라고, 명랑함과 우울함이 교차하는 이 곡을 들으며 생각합니다.

현악 6중주로 작곡되었지만 관현악곡 편곡으로도 자주 연주되는데, 최근에 듣게 된 캔디다 톰슨이 이끄는 암스테르담 신포니에타의 연주는 이 곡의 매력을 한껏 느끼게 합니다. 음반이나 음원만이 아니라 공개된 영상도 있습니다.

차이콥스키를 듣는 마지막 겨울밤의 끝은 순한 차와 같이 담담하고 고전적인 정취를 주는 곡으로 마무

리하고 싶습니다. 차이콥스키가 남긴 가장 우아한 곡
이 아닐까 자주 생각하게 하는 〈첼로와 관현악을 위한
로코코 변주곡〉입니다. '중용'과 '온유'를 떠오르게 하
는 연주를 들려주는 네덜란드의 첼리스트 피터 비스펠
베이의 연주를 들으며 겨울에 안녕을 고합니다.

　　이제 봄입니다.

메리 올리버, 봄의 질문

봄날을 맞은 후 날마다 화사해지는 풍경 속에서 산책하는 것을 일상의 낙으로 삼습니다. 편안한 마음으로 골목과 고궁과 야트막한 둘레길을 완보하다 보면 이런저런 생각을 하게 됩니다. 메리 올리버Mary Oliver(1935-2019)의 시집 『기러기』에 실린 「봄」이란 시가 봄날의 상념에 좋은 매듭을 짓게 합니다. 그녀가 고백하듯 세상을 많이 사랑하고, 잘 사랑하도록 고민하는 것보다 더 중요한 일은 없을 것입니다.

　매일의 산책은 풍경을 바라보고 내면의 생각을 길어내는 시간이었습니다. 그리고 이제 모래알을 거르듯 생각을 가다듬고 남은 것은 대답이 아니라 질문입니다. 그것도 깔끔하게 해결되는 질문이 아니라 인생길을 걸으며 마음에 간직하고 거듭 꺼내봐야 하는 질문입니다. 한동안 덮어두었던 이 질문을 모든 게 새로 피어나는 계절에 용기와 환희로 다시 만나려 합니다.

　메리 올리버는 미국인들이 가장 사랑하는 시인 중 한 명으로 꼽힙니다. 시인은 빼어난 자연이 있는 벽촌이자, 많은 예술가들이 사랑한 고장인 프로빈스타운에서 평생을 조용히 살며, 매일 아침 일찍부터 숲과 바닷가를 산책하고 동물과 식물과 풍경을 바라보며 언어를 길어 올렸습니다. 작은 공책을 뒷주머니에 넣고 다니며 나무 열매를 줍듯이 적어놓은 언어를 조탁하며 시를 완성했습니다.

　시인은 감사와 경탄의 눈으로 세상을 바라보고 행복을 전합니다. 쉽지만 깊고, 담담하지만 다정한 언어로 죽음과 유한성을 벗으로 맞아들이며 가장 작고 미소한 생명체에 이르기까지, 모든 존재와 나의 인생과 내가 속한 세상을 사랑하는 삶을 보여줍니다. 이러한 삶을 살아가는 사람은 일상에 충실하면서도 초월을 체험합니다. 존재의 신비와 경이를 알아보기 때문입니다.

메리 올리버의 시 세계가 자라난 문학적 근원을 찾아가면 무엇보다 그녀가 어린 시절부터 깊은 영향을 받은 가장 중요한 미국 시인인 월트 휘트먼Walt Whitman(1819-1892)의 불후의 걸작 시집인 『풀잎』(허현숙 옮김, 열린책들, 2011)이 있습니다. 메리 올리버는 휘트먼을 자신에게 '삼촌'과도 같은 시인이라고 칭하며 사랑과 존경을 거듭 밝힙니다. 휘트먼의 시에는 '형이상학적 호기심'과 '예언자적 애정'이 있었다고 감탄하며, 모든 존재에 대해 관심을 보이는 위대한 시인의 목소리에서 이루 말할 수 없이 많은 것을 배웠다고 고백합니다.

가히 기념비적인 「나 자신의 노래」를 비롯해 휘트먼의 『풀잎』에 실린 시들은 생명력과 존재의 긍정을 탐구하고 외친 탁월한 작품이자 미국에서 자라난 가장 독자적인 형이상학이라 할 '초월주의'를 열어놓은 위대한 작품으로 평가받습니다.

외적인 풍요에도 불구하고 내면은 공허해지고 관계는 피상적이 되어 인간 존재가 고양되는 체험을 하기 어려운 지금 시대에, 휘트먼의 시는 다시 펼쳐볼 고전입니다. 산문과 시의 경계를 무의미하게 만드는 듯하고, 성찰과 외침이 쉴 새 없이 교차하는 「나 자신의 노래」에는 수 없이 많은 인상적인 대목을 만나게 됩니다. 예를 들면 이러한 선언입니다.

> 나는 나 자신을 맹목적으로 사랑한다…… 그것이 내 운명, 모든 것이 너무나 감미롭다.
> 매 순간, 어떤 일이 일어나든 모든 것이 나를 기쁨으로 전율케 한다.
>
> _「나 자신의 노래」, 「풀잎」 87쪽

메리 올리버의 시와 산문의 어조는 휘트먼과 매우 다릅니다. 하지만 그 근본적인 정신에는 공통점이 있습니다. 그들은 인간 존재와 인생을 그 모든 짐과 고난에도 불구하고 '긍정'한다는 사실입니다. '어떻게 이 세상을 사랑할 것인가'라는 질문은 의기소침해 자꾸만 나 자신 속으로 움츠러드는 우리들에게 인생의 충만한 의미에 대해 눈을 뜨게 합니다.

마침 휘트먼의 시 세계를 음악으로 표현한 재즈의 명반이 있습니다. 오늘날 최고의 재즈 피아노 대가 중한 명으로 꼽히는 프레드 허쉬Fred Hersch(1955-)의 작품입니다. 허쉬는 자신의 조국인 미국의 위대한 정신적 유산인 휘트먼의 시를 그의 야심적인 프로젝트 음반인 〈풀잎(Leaves of Grass)〉(2005)에서 독창적이면서도 감동적인 음악으로 해석했습니다. 그는 자신의 앙상블과 함께 현재 최고의 남성 재즈 보컬리스트로 꼽히는 커트 엘링Kurt Elling과 아름다운 목소리의 여성 보컬리스트 케이트 맥게리Kate McGarry를 초대해서 이 앨범을 완성했습니다.

이 앨범의 백미는 당연히 시집『풀잎』에서도 중심이 되고 있는「나 자신의 노래」에 붙인 곡인 〈나 자신의 노래(Song of Myself)〉입니다. 총 11부로 구성되었고 연주 시간이 30분을 넘는 대작입니다. 마치 한 편의 뮤지컬을 감상하는 느낌을 받게 되는 곡입니다. 압도적이면서도 유장한 흐름 속에서 마음에 와 닿는 아름다운 선율을 곳곳에서 만날 수 있습니다. 음악을 듣다 보면

봄

힘차고 주체적으로 살아가며, 진정한 자신의 존재를 체험하고 절대자를 향한 초월의 여정을 두려워하지 않는 생명력 넘치는 삶이 그려지는 것 같습니다.

메리 올리버가 사랑한 인물에는 휘트먼과 함께 미국 '초월주의'의 대표자로 꼽히는 위대한 사상가 랄프 왈도 에머슨Ralph Waldo Emerson(1803-1882)이 있습니다. 그의 방대한 저서들은 여전히 연구의 가치가 있는 중요한 사상적 유산이고 몇몇 유명한 에세이와 연설, 편지들은 미국 사상사의 영역을 넘어 여전히 많은 사람들에게 삶의 방향을 제시하는 사랑받는 명저로 남아 있습니다.

『자연』(서동석 옮김, 은행나무, 2014)이나 『자기신뢰』(이종인 옮김, 현대지성, 2021) 같이 잘 알려진 글들은 우리말로도 번역되어 있습니다. 에머슨의 생애에 대해서는 고대부터 현대까지 여러 철학자를 그 생애와 함께 전해주는 제임스 밀러의 『성찰하는 삶』(박중서 옮김, 현암사, 2012) 중 한 장 전체에서 인상적으로 설명해 주고 있습니다.

에머슨에게 큰 영향을 받은 인물이고 휘트먼, 에

머슨과 함께 '초월주의'에 속하는 사상가이자 실천가인 헨리 데이비드 소로Henry David Thoreau(1817-1862)에도 관심을 가질 만합니다. 그는 만고의 명저인 『월든』(강승영 옮김, 은행나무, 2011)의 저자로 우리에게 친숙합니다. 누구보다도 자연을 사랑했고 자연 속에서의 소박한 삶 속에서 인간이 진정 자유로워질 수 있음을 보여준 소로는 시대와 공간을 넘어서 수많은 사람에게 사회의 모순과 자신의 내면을 성찰하고 대안적 삶을 선택하도록 영감과 용기를 주었습니다.

'시민 불복종'이라는 그의 사회사상과 실천은, 자연과 깊이 교감하고 존재적 체험에 집중하는 초월주의라는 사유와 삶의 철학에 깊이 뿌리를 내리고 있기에 더 의미가 있습니다. 소로의 생애와 사상에 대해서는 다행히도 이 시대 미국 사상가들에 대해 정평 있는 전문가인 로버트 리처드슨이 저술한 매우 상세하고 탁월한 전기인 『헨리 데이비드 소로: 자연의 순례자』(박정태 옮김, 굿모닝북스, 2021)가 번역되어 있습니다.

찰스 아이브스의 '콩코드 소나타'

에머슨과 소로의 '초월주의'가 뿌리내린 지역이 매
사추세츠 주의 콩코드입니다. 이곳은 이러한 사상적 운
동의 성지와도 같은 곳이라 할 수 있습니다. 미국 현대음
악의 아버지라 불리는 찰스 아이브스Charles Edward
Ives(1874-1954)는 자신의 두 번째 피아노 소나타를, 콩코
드에서 활동했던 중요한 미국 사상가를 주제로 작곡했
습니다.

'콩코드 소나타Concord Sonata'라 불리는 아이브스의
〈피아노 소나타 2번〉에는 "콩코드, 매사추세츠(1840-
1860)"라는 부제가 붙어 있고, 4개의 악장 제목은 에머
슨, 소로, 그리고 콩코드에 살았던 『주홍글씨』로 유명한
대문호 너새니얼 호손Nathaniel Hawthorne(1804-1864)과
『작은 아씨들』의 저자인 루이자 메이 올콧Louisa May Al-
cot(1832-1888)의 이름을 따서 지었습니다.

이 곡의 시작에는 아이브스 특유의 불협화음이 등
장해서 좀 난해하다는 인상을 받을 수 있지만, 주의 깊
게 들어보면 흥미롭고 매력적인 곡이라는 것을 알게
됩니다. '콩코드 소나타'는 그의 가장 뛰어난 작품으로

인정받는 곡이자 관현악곡인 〈대답 없는 질문〉과 함께 널리 알려지고 사랑받는 곡에 속합니다. 마지막 악장 '소로'는 특이하게 플루트가 동반하며 명상적이면서 서정적이기도 해서 '초월주의' 철학에 공감하는 사람이라면 매우 각별하게 다가올 인상적이고 아름다운 음악입니다.

　가공할 테크닉으로 유명하기도 하지만, 또한 난해한 기교를 요하는 곡들에 담긴 서정미를 잘 살리기도 하는 캐나다 태생의 뛰어난 피아니스트 마르크 앙드레 아믈렝Marc-André Hamelin이 2006년에 하이페리온 음반사에서 내놓은 녹음을 통해 이 곡의 진수를 느낄 수 있습니다.

불안의 시대와 레너드 번스타인

봄날의 문턱을 막 넘었을 때는 풍경과 날씨가 내내 화사하고 빛나기만 할 것 같아 기분이 좋습니다. 우리의 삶 역시 그럴 것 같다는 기대감이 자라나기도 하고요. 하지만 날들이 지나면서 봄은 아니나 다를까, 변덕스럽고 고약한 다른 얼굴을 보여줍니다. 4월이 되었고, T.S. 엘리엇의 시 「황무지」에서 탄식하듯 여러모로 "사월은 잔인한 달"입니다.

봄날이라고 꽃길만이 아니라는 현실에 새삼스럽게 눈을 뜹니다. 이렇게 아름다운 봄에 매섭고 예측하기 어려운 날씨가 불청객처럼 끼어들듯이, 무탈해 보이는 나의 일상에 드리워진 불안의 그늘이 꽤 길고 짙습니다. 이는 개인의 삶에 대해서만이 아니라 요즘 세상 전체에 해당된다고 생각합니다. 화려하고 풍요가 넘치지만 사실 우리 시대를 규정하는 가장 적절한 말은 '불안의 시대'입니다.

실존철학의 선구자로 불리는 덴마크의 철학자 쇠엔 키르케고르(1813-1855)가 철학의 고전인 『불안의 개념』을 저술한 게 1844년이었으니, '불안'이라는 것은 오늘까지 지속되는 근대적 삶에 그 시초부터 숙명적으로 따라오고 있었던 셈입니다. 그러니 인간 존재와 사회에 대한 본질적 탐구를 추구하는 사상가들과 예술가들이 불안을 중요한 주제로 삼지 않았을 리가 없습니다.

근대 이후 불안을 지각하고 성찰하는 것은 작가와 철학자와 예술가의 특권이자 과제였습니다. 키르케고르에게 불안은 고통스러운 짐이긴 했지만, 동시에 신앙으로 '비약'하는 발판이며, '자유의 가능성'이었습니다.

그 이후에 사람들은 불안을 주로 행복에 장애가 되는 심리적 병리현상이라는 부정적 측면에서 고찰합니다.

많은 사람들이 사랑하는 저술가이자 현대인을 위한 '인생철학'을 정립하려고 애쓰는 알랭 드 보통은 그의 잘 알려진 저서 『불안』(정영목 옮김, 은행나무, 2011)이나 『철학의 위안』(정명진, 청미래, 2012)에서 불안이라는 현상을 다양하면서도 차분하게 관찰하고 설득력 있게 치유책을 모색합니다.

그밖에도 오늘날 숱한 뛰어난 철학자, 심리학자, 상담가 들이 불안이라는 주제에 대해 이론적인 것만이 아니라 실천적인 차원에서 조언을 해주고 있습니다. 스토아학파나 에피쿠로스 같은 그리스와 로마 시대의 고대 철학자들이 재발견되고, 그들의 가르침을 현대 도시인의 삶의 맥락에서 해설하고, 거기에서 실천적 처방과 제안을 찾아내는 책들이 베스트셀러에 오르는 것도 이제 쉽게 볼 수 있습니다. 이렇듯 불안은 많은 사람들에게 큰 삶의 과제가 되고 있습니다.

'불안'은 종교적, 철학적 체험이 되기도 하고, 심리적, 병리적 현상으로 나타나기도 하지만, 동시에 사회적, 경제적, 정치적 변동에도 그 뿌리를 내리고 있습니다. 폴란드 출신의 유대계 영국 사회학자로서 사회학의 학적 경계를 넘어 현대사상의 세계적 '거장'으로 인정받았던 지그문트 바우만Zygmunt Bauman(1925-2017)은 이러한 현대사회에 불안이라는 현상이 가진 특별한 성격을 잘 설명해 주었습니다.

그는 비교적 난해한 전문 연구서도 많이 출간했지만 대학에서 정년을 맞은 노년기에 오히려 더 활발하게 여러 대담과 강연, 철학 에세이들을 통해 수많은 일반 독자와 청중에게 지금 이 시대에 각 개인이 어떻게 '불안'을 현명하게 대처하고 바람직한 삶의 방향을 정립할 수 있는가에 대해 영감을 주었습니다.

그의 세계적 명성은 사실 이러한 일반인들까지 독자로 둔 저술활동을 통해 확고해졌습니다. 그를 세계적으로 유명하게 한 개념인 '액체 근대Liquid Modernity'는 경제적 발전에도 불구하고 세계적 차원에서 점증하는 불확실성과 그로 인해 각 개인이 지속적으로 체험하는 불안을 이해하고 해명하는 데 유용한 전망을 열어줍니다.

그의 주저인『액체현대』(이일수 옮김, 필로소픽, 2022)

나 이자벨라 바그너가 쓴 그에 대한 방대한 전기인『지그문트 바우만』(김정아 옮김, 북스힐, 2022)을 정독해 보면 '근대화 과정'과 '현대성'이라는 분명한 사회적, 역사적 실체가 있는 현상이 각 개인이 마주하는 '불안'이라는 감정과 느낌의 형성에 깊이 관여하고 있다는 통찰을 얻게 됩니다. 이는 불안의 극복에 있어서도 각 개인이 이런저런 노력을 통해 심리적인 안정감을 추구하는 것만으로 부족하고, 반드시 사회적이고 구조적 차원의 변화가 있어야 한다는 인식으로 이어집니다.

한편, 예술은 '불안의 개념'을 사상이 하지 못하는 방식으로 심층적이면서도 섬세하고 다양하게 바라보도록 이끌어 줍니다. '불안의 시대'를 살아가는 데 명쾌한 사상과 철학만큼이나 훌륭한 예술작품의 힘이 필요한 이유입니다. T.S. 엘리엇 이후 영문학에서 가장 중요한 시인 중 한 명으로 꼽히는 오든W.H. Auden(1907-1973)이 1947년에 발표한 장대하고 야심적인 시,「불안의 시대(The Age of Anxiety)」는 '불안의 시대'라는 일반적인 인식을 예술적 표현으로 형상화한 대표적인 작품입니다.

미국인이면서 영국에서 주로 활동한 엘리엇과는

반대로, 영국 출신인 오든은 그에게 이른 시절에 명성을 안겨준 초기 시작詩作 활동 시기 이후 미국으로 삶의 공간을 옮기게 되는데, 이 시는 바로 그 시기에 태어난 대작이며 그의 시적 경향에 분기점이 되기도 합니다. 제목이 드러내듯 전쟁 후의 '불안의 시대'에 대한 실존적 인식을 다양하고 복합적인 문학적 양식으로 그려내고 있습니다.

이 작품을 좋아한 레너드 번스타인은 자신의 〈교향곡 2번〉을 "불안의 시대"라고 명명하고 오든의 이 시에서 내용과 주제를 따왔습니다.

번스타인의 불안의 시대

위대한 지휘자이자 방송 활동 등을 통해 미국의 클래식 음악의 상징적 존재가 된 레너드 번스타인Leonard Bernstein(1918-1990)은 훌륭한 작곡가이기도 한데, 조금은 과소평가되고 있습니다. 뮤지컬 〈웨스트사이드 스토리〉(1957)의 엄청난 성공이 오히려 진지하고 심오한 주제를 다루는, 그가 심혈을 기울여 만든 다른 대작들을 묻히게 한 감이 있습니다.

번스타인 작품 중에 잘 알려진 작품은 〈웨스트사이드 스토리〉를 포함해서 뮤지컬, 오페레타, 춤곡 등 비교적 경쾌하고 대중문화에 친화적인 주제를 다루는 작품들입니다. 하지만 그는 대중음악과 현대음악의 음악적 어법을 함께 사용하며, 시대의 불안과 모순, 종교심과 세속화 시대의 도전 등 철학적이고 문학적인 주제들에도 깊은 관심을 가지고 있었습니다.

아직도 엇갈린 평가를 받고 있는 대작인 그의 극음악 〈미사(Mass)〉 같은 작품을 보면, 미국이 격변기에 빠져든 1960년대의 시대정신과 밀접하게 대화하면서 구원을 추구하는 현대인의 모습을 그리는 그의 예술적 의욕을 잘 볼 수 있습니다. '불안의 시대'는 번스타인에게 이러한 진지한 시대와 철학에 대한 관심이 비교적 일찍부터 있었다는 것을 알게 합니다.

번스타인은 오든의 「불안의 시대」를 읽고 큰 감명 받아 자신의 두 번째 교향곡의 제목이자 기본 요소로 삼았습니다. 그는 교향곡 〈불안의 시대〉(1949)를 작곡하면서, 오든의 시구를 성악을 통해 인용하는 방

식을 택하지 않고 대신 복잡한 시의 구조를 차용해 피
아노와 오케스트라가 대화하는 특이한 구성의 작품으
로 완성시켰습니다. 여기에는 낙관주의, 비극적 낭만
성, 아름다운 멜로디와 작열하는 무조적인 불협화음이
혼재하며 미국 음악답게 재즈의 요소도 과감하게 등장
합니다.

　　오든의 시는 네 명의 주인공들이 경험하는 불안과
회의, 덧없는 쾌락과 환멸, 그리고 신에 대한 갈구를 마
치 희곡처럼 인상적으로 전해주는데 번스타인은 오든
의 시어가 창조하는 이러한 분위기를 기악으로 옮겨보
려 시도합니다. 그리고 자신의 음악을 이해하는 데에
는 도시인의 불안과 소외, 고독과 소통의 부재를 인상
적으로 표현한 뉴욕의 화가 에드워드 호퍼Edward Hopper
의 대표작 〈밤을 지새우는 사람들(Night Hawks)〉이 도
움이 된다고 말하고 있습니다.

　　번스타인은 1970년대 중반 당시, 떠오르는 천재로
주목받았던 폴란드의 명 피아니스트 크리스티안 지메
르만Krystian Zimerman을 초대해 이 곡을 연주했고, 그 영
상이 다행히 오늘날까지 전해집니다. 연주에 감명받은
번스타인이 지메르만에게 자신이 백 세가 되면 이 곡

을 다시 한번 같이 연주하자고 했다는 후일담도 전해집니다.

그 바람은 이루어지지 않았지만, 이제 거장의 위치에 오른 지메르만은 역시 우리 시대를 대표하는 명지휘자인 사이먼 래틀Simon Rattle이 지휘하는 베를린 필과 함께 이 곡을 번스타인의 탄생 100주년을 맞이해서 베를린 필하모니 홀에서 2018년에 실황 공연을 했습니다. 그 공연은 베를린 필 스트리밍 홈페이지를 통해 영상으로 볼 수 있고, 음반과 음원으로도 출시되었습니다. 음반에는 그리 길지 않지만, 번스타인이 육성으로 이 작품에 대해 언급하는 녹음이 함께 실려 있어서 반갑습니다.

한편, 지메르만은 베를린 필과는 아니지만, 현대음악 지휘의 대가이자 자신 역시 역량을 인정받은 작곡가인 에사 페카 살로넨Esa-Pekka Salonen이 지휘하는 필하모니아 오케스트라와 함께 2018년에 내한해서 이 곡을 연주해 큰 찬사를 받았습니다.

번스타인의 〈불안의 시대〉는 좀 무거운 표제를 가지고 있고, 오든 또한 난해한 시인으로 알려져 있어서 처음부터 친숙하게 다가가게 되는 곡은 아닙니다. 하지만 현대음악의 전위적인 요소는 사실 최소한으로 사용되었고, 다채로운 구성과 낭만적이고 아름다운 선율이 가득하여 누구나 충분히 즐길 만한 곡입니다. 더구나 지메르만과 베를린 필이라는 최고의 연주자들의 녹음은 이 곡의 매력을 발견하기에 부족함이 없습니다.

이 작품을 처음 접하는 사람이라면, 전체 3부, 총 6곡으로 구성된 곡들 중에서 2부의 두 번째이자 전체 곡들 중 다섯 번째 곡이며 재즈적 요소가 멋들어지게 구현되고 있는 '가면극(The Masque)'에 귀를 기울이면 좋을 것입니다.

모든 것은 지나간다

팝 음악의 전설 비틀스 4명의 구성원 중 한 명이었던 조지 해리슨George Harrison(1943-2001)은 폴 매카트니와 존 레논이라는 불세출의 천재들 뒤편에 가려지기에는 여러모로 아까운 인물입니다. 사람들은 주로 비틀스 시절에 그가 작곡한 '태양이 비치네(Here Comes the Sun)', '나의 기타가 조용히 울 때(While My Guitar Gently Weeps)', '어떤 무엇인가(Something)'와 같은 몇몇 불멸의 명곡을 통해 가끔씩 그의 작곡가로서의 재능을 기억할 뿐입니다.

작곡가로서의 조지 해리슨의 진면목은 솔로 시절에 본격적으로 나타납니다. 비틀스가 폴과 존의 오랜 갈등 끝에 해산한 직후, 조지 해리슨이 비틀스 시절부터 작곡해 두었던 곡들을 중심으로 해서 내놓은 독집 앨범 〈모든 것은 지나간다(All Things Must Pass)〉(1970)는 조지 해리슨이 남긴 대표적인 명반입니다.

세월이 지나, 이 음반은 두 장의 본 앨범과 이른바 '애플 잼Apple Jam'이라 불리는 다른 음악인들과의 비공식적인 블루스 풍의 연주 실황음반이 함께하는 세 장의 대작으로 재발매됩니다. 그만큼 이 독집 앨범은 아마도 그가 주도했던 〈방글라데시 구호를 위한 콘서트(The Concert For Bangladesh)〉(1971) 앨범과 함께, 비틀스 해산 이후 그가 남긴 가장 중요한 음악적 유산일 것입니다.

〈모든 것은 지나간다〉는 조지 해리슨에게도 각별히 중요하고 소중한 음반이었습니다. 30여 년이 지나 2001년에 재편집을 한 음반 속지에 그가 직접 쓴 앨범

서문을 읽어보면, 이 음반이 그에게 얼마나 큰 의미를 가지는지를 헤아리게 됩니다. 이 작품은 그의 음악적 발전이 마침내 독자적 경지에 오른 순간이자, 그 후 다양한 자선공연들을 통해 알려진 그의 세계관과 인생관이 이미 그 당시에 확고하게 방향을 잡았다는 사실 역시 증언해 주고 있습니다.

조지 해리슨이 타계한 지도 오래되었지만 이 앨범이 발매된 지 반세기를 기념해 최근에 또 다시 편집음반이 나왔을 정도로 팝의 고전으로 평가받고 있습니다.

All Things Must Pass

출반 당시 이 음반에 대한 대중들의 반응도 나쁘지 않았고, 실제 앨범에서 여러 히트 곡도 나왔지만, 정작 표제인 '모든 것은 지나간다'는 당시에는 좀 간과된 면이 있습니다. 이 곡은 조지 해리슨의 인본주의적인 사상과 따뜻한 마음, 적지 않은 세월을 인도 철학과 명상에 관심을 가지면서 정립한 인생에 관한 지혜가 훌륭한 음악으로 표현되어 있습니다. 노래 가사를 살펴보면 인류의 오랜 지혜를 담고 있는 경구를 현대인의 삶의 상황에 어울리게 재해석하고 있다는 생각이 듭니다.

이제 50년도 넘은 오래된 노래지만 여전히 긴 터널과 같은 어려운 시기를 보내는 사람들에게 잔잔한 위로를 줍니다. 노래의 후반부에서 조지 해리슨은 우울함과 어두움이 늘 있는 것이 아니며, '빛나는 새벽'이 찾아오듯 지나갈 것이라고 노래합니다. 상투적일 수도 있는 노랫말이 담담하면서도 격조 있는 멜로디에 실려서 그런지, 깊은 여운이 있습니다.

이 노래를 실연의 아픔, 일상적 상실의 아픔을 위로하는 곡으로 해석하기도 하고, 또 조지 해리슨의 철학적, 종교적 깨달음을 반영하는 곡으로 받아들일 수도 있습니다. 하지만 이 노래 가사에는 사실 듣는 사람 누구나가 자신만의 인생사와 지금 겪는 아픔에 비추어 곱씹을 수 있고, 또한 위로받을 수 있는 보편적 이야기가 담겨 있습니다.

'모든 것은 지나간다'라는 어구는 긴긴 세월 수많은 사람들에게 큰 위로를 준 말입니다. 우리는 이 말을 자신의 위세와 능력만을 믿는 사람들에게 인생이란 누구도 앞날을 섣불리 내다보고 장담할 수 없다는 인생사의 진리를 깨우치게 하려는 준엄한 경구로 읽어도 될 것입니다. 하지만 우리가 살면서 자주 겪듯이, 인생에서 승승장구하는 시기에 미리 이 말에 자신을 비추어 삼가고 조심하며 겸허한 태도를 갖는 경우는 드뭅니다.

어쩌면 이 말이 힘이 되고 위로가 되고 인생을 바꿀 계기가 되는 사람은 인생의 역경에 있는 사람, '마음이 가난한 사람'이 아닐까 생각해 봅니다. 삶의 쓰디쓴 시련의 시기에 고통을 겪고 있고, 인생의 위기 속에 깊이 빠져 헤어 나오기 힘든 현실을 매일 확인해야 하는 사람들, 우울함과 허무함의 감정에 소진되고 힘들어하는 사람들에게 "모든 것은 지나간다"는, 가장 위안이 되는 말일 것입니다.

불면의 밤에 찾아온 단잠과도 같은 말이자, 끝까지 우리와 함께하는 벗처럼 조건 없이 위로하는 말이며, 다른 어떤 인간적 계획과 모색이 좌초되었을 때도 마지막까지 우리를 붙잡아주는 손길과도 같은 말이라고 생각합니다.

"모든 것은 지나간다." 지쳤을 때, 마음 저 아래에서부터 조용히 문 두드리듯 울리는 이 말에 귀를 기울여보면 좋겠습니다. 이 말이 조금씩 우리 존재와 삶 구석구석을 어루만지는 것을 느끼면 좋겠습니다. 이 말은 망가진 것처럼 보이고 황무지처럼 버려진 삶에 신뢰와 용기와 치유를 자라게 하고자 뿌려진 한 알의 밀알입니다. 조용하고 부드러운 인생의 지혜에 응답하는 겸손한 자세이자 어디서 다시 시작해야 하는지를 아는 현명한 마음이기 때문입니다.

조지 해리슨은 아까운 나이로 세상을 떠났습니다. 비틀스의 동료였던 폴 매카트니와 조지 해리슨과 애증의 관계였을 에릭 클랩턴은 조지 해리슨의 아들인 다니 해리슨과 함께 로얄 알버트 홀에 '조지 해리슨의 추모 콘서트(Concert for George)'(2002)를 열었습니다. 그 공연 영상은 감동적입니다.

이 콘서트에서 조지 해리슨의 친구들과 아들이 '모든 것은 지나간다'를 연주하고 노래합니다. 인간사에 영원한 것은 없고, 모든 것은 지나가겠지만, 그 순리를 배우려는 '들을 줄 아는 마음'을 가진 사람이라면 여기에서 허무가 아니라 위로를 만나게 될 것입니다.

생트빅투아르 산의 그림들은
처음 보았을 때부터 매혹적이었고
그저 좋았습니다.

생트빅투아르 산Mont Sainte-Victoire, 1890, 세잔

그러다 어느 날 장막이 걷히듯
그림이 자신을 열어 보인다는 확신이 드는 순간이
찾아왔습니다.

생트빅투아르 산Mont Sainte-Victoire, 1898, 세잔

생트빅투아르 산을 배경으로 목욕하는 사람들
Bathers. Mont Sainte-Victoire in the Background, 1902, 세잔

세잔의 그림들은 우리가 인생을 살아가는 데
'보는 법을 배우는 것'이 얼마나 중요한지를
깨닫게 합니다.

사과Apples, 1878, 세잔

세잔의 그림에서 소녀가 연주하는 곡은, 그가 좋아한 리하르트 바그너의 오페라 〈탄호이저〉 서곡이라고 전해집니다.

피아노 앞의 소녀Girl at the Piano(Overture to Tannhauser), 1869, 세잔

바다 안개 속의 방랑자The Wanderer Above the Sea of Fog, 1818,
카스파르 다비드 프리드리히

낭만주의가 고독이 가진 빛과 그림자에 대해
얼마나 강렬하게 느끼고 있었는지 알게 합니다

바닷가의 수도승The Monk by the Sea, 1808-1810, 카스파르 다비드 프리드리히

음표들,

삶을 가꾸는 기술

기억과
대화하는 법

한 해의 마지막에 서서

성탄절을 지내고 새해 첫날을 시작하기까지의 며
칠은 밀린 일을 처리하면서 바쁜 마음으로 어수선하게
흘려보내기 쉽습니다. 하지만 이 날들은 각별히 소중
하고 어느 때보다도 차분한 마음이 필요한 때입니다.
살아왔던 한 해를 잘 떠나보내고 마무리하면서 새해를

생기 있게 맞이하도록 준비해야 하는 시간이기 때문입니다. 독일 베네딕도회 뮌스터슈바르차흐 수도원의 수도사제 자카리아스 하이에스 신부는 이즈음에 맞는 마지막 날들의 의미에 대해 다음과 같이 짚어줍니다.

> 제가 처음 뮌스터슈바르차흐 수도원에 입회했을 때, '해들 사이의 날들'이라는 말을 처음 알게 되었답니다. 그것은 성탄부터 신년 사이의 시간을 말합니다. 그것은 정말 전적으로 고유한 특질을 가진 날들이며 시간입니다. 수도원에서 이 시기에는 모든 작업들이 휴지기에 들어서고 우리 수도사들은 발걸음도 천천히 하며 서로 간에 충분한 시간을 갖습니다. 예전에는 이 시기에 많은 농가들이 휴식을 가졌었죠. 이 시기는 넘어가는 시기이고 문턱의 시기입니다. 낡은 것은 서서히 막을 내리고 새로운 것이 막 시작하려는 시기입니다.
>
> _『별이 빛난다』(최대환 옮김, 가톨릭출판사, 2019) 172-173쪽

일 년 내내 성과에 대한 압박과 더 노력해야 한다는 긴장에서 좀처럼 벗어나지 못하는 게 우리의 일상입니다. 이것은 무엇 하나 제대로 일의 맺음을 보지 못

하게 하는 오늘날 삶의 양태와도 관련이 있습니다. 하나의 일이 끝났을 때, 그 결실을 있는 그대로 인정하고 받아들이며 존중하기보다는, 곧바로 새로운 일과 과제를 시작하고 매진하는 것이 능력 있는 사람의 자질이라 여기는 분위기 때문입니다. 이미 이루어 놓은 것에 만족하는 것을 경계하면서, 더 채우고 성취하게 노력하라고 끊임없이 스스로를 채근합니다.

인간사 모든 것이 정도의 차이는 있지만 미완성이고 과정이기에, 어떤 일의 완성이 또 다른 일의 시작으로 이어지는 것은 당연합니다. 하지만 마침과 맺음을 모르는 삶의 방식은 자주 위태해 보입니다. 들인 수고와 가시적 성과들에도 불구하고 좋은 삶, 행복한 삶을 살아가지 못하는 결과에 이르는 경우도 드물지 않습니다.

음악에서 쉼표가 큰 의미를 갖는 것처럼, 인생에서 아무리 작은 일이라도 그것이 가진 의미를 알고, 그 결실을 소중히 여기며 분수와 절제를 지키되 충분히 누릴 줄 아는 것은, 안주하지 않고 새로운 일에 착수하고 도전하는 것만큼이나 중요합니다. 제대로 된 맺음은 감사함과 겸손함과 내려놓음을 자연스럽게 배우게 합니다. 일의 중요함과 가치를 잊지 않으면서도, 우리가 지나치게 일에 매이지 않고 자유롭게 살아가며 인생을 더 폭넓은 시야로 볼 수 있게 합니다.

한 해의 마지막에, '해들 사이의 날들'에 의미 있는 맺음을 하는 방법은 무엇일까요? 아마 무엇보다도 고요한 가운데 한 해의 기억과 마주하는 시간을 갖는 것이 중요할 것입니다. 우리는 기억을 통해 나에게 일어났던 일들, 내가 행했던 일들, 내가 느꼈던 감정과 마음의 풍경을 다시 만나게 됩니다. 그러면서 미처 몰랐던 스스로의 내면의 모습을 발견하고 애써 외면했던 상처와 과오를 깨닫게 됩니다. 혹은 한 해의 흔적을 살피며 비로소 훌륭하게 해낸 일들에 대한 건강한 자부심을 가질 수도 있겠지요.

기억은 지나간 시간을 감사하게 하고 기쁨을 주기도 하지만, 아프고 쓸쓸한 정서에 잠기게 하거나 고통스러웠던 사건들을 떠올리게 하는 힘겨운 짐이기도 합니다. 기억에는 우리의 인생에 선물이며 도전인 두 개의 얼굴이 있습니다. 삶에 의미와 기쁨을 주기도 하지만, 고통스런 기억에서 회복되고 치유되어야 하는 과제를 안겨주기 때문입니다.

기억, '미로'와 '궁전'의 갈림길

기억이 '선물'일 때, 기억에는 '추억'이란 이름이 어울립니다. 추억이 있기에 우리의 인생은 아름답고 즐겁습니다. 하지만, 추억이 도피나 환상이 아니라 삶을 실제로 지탱해 주고 이끌어 주는 힘이 되기 위해서는 기억이 던지는 도전에 진지하게 응답해야 합니다. 기억이 남겨준 과제와 씨름하는 과정이 필요하지요. 여기에 우리 삶의 진실성과 깊이가 달려 있습니다. 기억을 마주하는 체험이 지금 겪고 있는 여러 상처에서 치유되고, 무익한 환상에서 벗어나고, 좌절에서 회복되는 계기가 되는 이유입니다.

기억에서 배우고 힘을 얻고, 기억을 이해하고 분별하고, 기억을 통해 자기 자신을 대면하고 치유하면서 우리의 삶은 의미를 지니고 충만해집니다. 일상에 매몰되거나 시간에 휩쓸려 가는 삶이 아니라 다른 누구와도, 그 어떤 양적이고 외적인 기준으로도 환원될 수 없는 고유한 자신만의 삶을 획득하게 됩니다. 각 개인이 올바른 의미로 '자기 자신'이 되는 데 기억은 이처럼 결정적인 계기이기에 좋은 삶은 우리가 기억과 만나는 방식에 달려 있습니다.

기억과 좋은 삶의 관계에 대해 깊이 있는 문학적, 철학적 숙고를 만나려면, 20세기의 가장 위대한 문학작품 중 하나이자 현대철학에 지속적인 영감이 되어온 프랑스의 작가 마르셀 프루스트(1871-1922)의 대작 『잃어버린 시간을 찾아서』(김희영 옮김, 민음사, 2022년 완간)를 권하고 싶습니다. 이 소설에서는 '시간' 자체가 주인공이라는 평도 있지만, 주인공인 화자에게 이입해서 살펴본다면 이 섬세하면서도 장대한 소설의 주제는 기억과의 온전한 만남을 위한 한 개인의 긴긴 여정입니다.

이 작품을 읽으며 독자는, 시간 안에서 살아가면서 성장하고 쇠퇴하고 마침내 죽음을 맞이하는 존재인 인간이 생의 의미와 어떻게 만나는지를 화자와 함께 체험합니다. 무엇보다 이 작품을 통해 환멸, 자기기만, 도피적 환상 같은 마음의 그림자에서 벗어나 정화되고 생생하게 상기된 기억을 마주하는 것이야말로, 외적인 평가를 넘어 스스로 자기의 삶이 의미 있었음을 긍정하고 확신하게 되는 길이라는 것을 알게 됩니다.

우리는 자주 기억해야 할 중요한 일들을 잊고 지

냅니다. 또는 여러 잡다한 일들이나 수많은 마음의 상처와 과거의 부정적 체험들에 집착한 채 괴로워하면서, 내면의 깊이에서 멀어져 헛되이 소진되어 가는 삶의 방식을 반복합니다. 프루스트가 말하는 '되찾은 시간'은 그러한 삶에서 벗어나 자유롭고 온전한 삶의 바탕이 되는데, 이는 기억과의 만남과 대화를 통해 조금씩 우리에게 모습을 드러냅니다.

우리는 자기 안의 '기억의 미로'에 당혹해하고 두려워할 수 있습니다. 길의 어느 굽이에서 무엇이 튀어나올지 모르는 위험한 공간으로 여겨 애써 외면하려고도 합니다. 하지만 '기억의 미로' 대신에 '기억의 궁전'을 자신 안에 마련할 수도 있습니다. '기억의 궁전'은 중세 이래 수도사들이 고안한 공부법의 한 방식으로 알려진 표현이지만, 우리가 기억을 긍정적으로 대하는 방식에 대한 은유로 생각해 볼 수 있습니다.

'기억의 궁전' 안에 간직되어 있는 보화들이 삶을 풍요롭게 합니다. 기억을 대하는 방식에 따라 우리는 기억의 미로에 갇혀버릴 수도, 기억의 궁전 속을 거닐 수도 있습니다. 기억과 대화하는 법을 배운 사람은 기

억의 궁전 안에서 선물처럼 추억을 만나고 힘을 얻어
자유롭고 확고하게 살아갈 수 있습니다.

기억, 망각, 그리고 상기라는 '삶의 하모니'

기억은 개인의 정체성과 '삶의 격'을 좌우하고 나
아가 공동체적 차원에서 문화의 토대입니다. 그래서
어느 문화권이든 신화와 종교와 문학과 철학 등은 기
억을 형상화하고 기억의 의미에 대해 성찰하지요. 서
양 사상의 시원始原에 해당하는 그리스 신화, 문학 그리
고 철학의 전승들에서도 오늘날 우리가 기억과의 대화
를 잘 수행하는 데 영감을 주는 흥미로운 요소들이 여
럿 있습니다.

기억을 뜻하는 그리스어 단어 중의 하나는 '므네
모시네μνημοσύνη'입니다. 그리스인들은 중요한 철학
적, 인간학적 개념을 신화를 통해 의인화를 하거나 하
나의 신의 형상으로 구체화시키는 경향이 있습니다.
므네모시네 역시 기원전 7세기경에 살았던 헤시오도
스의 작품 안에서 여신의 이름으로 구체화됩니다. 헤

시오도스는 호메로스에 비길 만한 고대 그리스의 위대한 시인입니다. 그리스 신화집의 모태라 할 수 있는 『신들의 계보』(천병희 옮김, 숲, 2009)에서 헤시오도스는 므네모시네를 하늘의 신인 우라노스와 대지의 여신 가이아의 딸이자 아홉 무자이(뮤즈) 여신의 어머니로 소개합니다.

마치 동아시아 사상에서 천, 지, 인의 관계처럼 하늘과 땅의 사이에서 창조된 인간의 본질에 '기억'하는 능력이 속한다는 것을 상징합니다. 그리고 인간의 예술과 학문의 여러 분야에서 영감을 주는 아홉 여신인 무자이의 어머니가 므네모시네라는 것은 인간의 문화가 '기억'에 기초하고 있다는 것을 말해줍니다.

이것은 독일 근대 낭만주의를 대표하는 시인이자 위대한 사상가인 프리드리히 횔더린(1770-1843)의 세 번에 걸친 〈므네모시네〉 송가의 여러 판본에서도 계승되어 있습니다. 횔더린은 그리스 철학과 신화적 상상력을 당시 정체된 독일 정신세계를 새로운 문화로 갱신하기 위한 영감으로 삼으려 했는데 이 송가에서 '기억의 여신'을 부르며 인간 정신의 위대함과 심연을 장엄하게 노래합니다.

겨울

헤시오도스가 『신들의 계보』에서 므네모시네를 노래하며 곧이어 므네모시네가 선사한 선물 중 하나로 '레스모시네$\lambda\eta\sigma\mu o\sigma\acute{v}\nu\eta$'를 언급하고 있는 점도 흥미롭습니다. 헤시오도스에 의하면 레스모시네를 통해 인간은 비로소 쉴 수 있고 평화를 누릴 수 있습니다. 후대의 그리스 전승에서는 레스모시네가 므네모시네의 자매로 인격화되기도 합니다. 레스모시네라는 단어의 어원은 '레테$\lambda\acute{\eta}\theta\eta$'인데, 이는 '망각'을 의미합니다. 플라톤이 자신의 철학에서 영혼이 이데아의 세계에서 지상의 세계로 오기 전, 반드시 거쳐 가는 '망각의 강'을 레테로 부른 것은 유명합니다.

헤시오도스를 따라 므네모시네와 레스모시네를 함께 묶어서 생각해 보면 기억과 만나는 방식에 대한 중요한 통찰에 이르게 됩니다. 기억의 작업은 단지 과거의 기억에 고착되는 것이 아니라, 때로는 그 기억에서 적절하게 자유로워지는, 즉 자연스러운 망각의 과정을 받아들이는 것까지도 포함합니다. 움켜쥐려는 인위적 노력이 아니라 내려놓는 마음가짐으로 자연스레 떠오르는 기억을 기다리고 마주해야 합니다. 기억이 들려주는 목소리와 풍경에 열려 있는 자세가 기억과의 대화를 위한 좋은 준비입니다.

기억을 지배하고 소유하며 화석처럼 보존하려 애쓰는 것보다는 자연스러운 기억으로부터 배우고, 인격과 세계관의 긍정적인 변화로 응답하는 것이 중요합니다. 우리는 자주 기억의 퇴색과 왜곡에 대해 탄식하지만, 변화하고 치유되지 않는 기억 역시 내면의 성장을 결정적으로 좌초하게 할 수 있습니다.

기억이 망각과 함께하기에, 기억의 작업은 '회상'과 '상기'에서 시작합니다. 플라톤은 진리의 인식을 이데아 세계에 대한 '기억의 활동'인 상기에서 찾았습니다. 망각에 저항하며 자신의 정신을 맑고 순수하게 수련하는 철학적 정진을 통해 인간은 이데아의 기억을 상기하고 망각으로 기울어진 본성에 저항합니다. 그에게 상기는 단순히 기계적으로 어떤 사실과 정보를 손상되지 않게 보존하고 전달하는 것만이 아니라 진리와 참된 존재에 대한 인식을 의미한다는 것에 주목해야합니다.

플라톤의 이러한 인식론에 대해 당연히 고대 시대부터 관념론이라는 철학적 비판이 있었고 오늘날까지

겨울

도 이어집니다. 하지만 기억의 '상기'야말로 육체적 존재이자 정신적 존재인 인간이 자신의 가능성을 꽃피우게 하는 조건이라는 플라톤의 가르침은 언제나 인간의 삶에 대한 중요한 통찰로 남아 있을 것입니다.

플라톤이 『메논』, 『파이돈』, 『국가』 등 그의 주요 저서 안에서 사용하고 정립한 상기, 곧 '아남네시스$\alpha\nu\dot{\alpha}$ $\mu\omega\eta\sigma\iota\varsigma$'의 개념은 이후 서양의 고대와 중세 시대의 철학과 신학, 문학에서 중요한 역할을 하게 됩니다. '아남네시스'라는 말이 가지는 깊은 의미는, 이후 그리스도교 교의와 영성이 예수 그리스도의 말씀과 행적을 '기억'하는 데 뿌리를 내리고 있다는 점에서 더 각별해졌습니다.

기억과 망각과 상기로 이어지는 인간의 삶은 시간 안에서 비로소 그 전모가 드러나게 됩니다. 인간의 삶은 단편적 사건에 결정적으로 매인 것이 아닙니다. 인간은 인생이라는 삶의 전체성 안에서 살아가며, 인간 고유의 정신적 능력에 어울리는 '시간성'을 체험하기 위해서는 생의 사건들을 기억하고 그 의미를 깨닫는 작업이 필요합니다. 기억은, 인생이 이야기이며 서사의 구조와 속성을 가지고 있다는 표지입니다.

'참 행복'으로 이끄는 기억

　　기억에 대한 문학적인 형상화와 철학적인 숙고를 거쳐 마침내 기억이 개인의 삶을 변화시키고 내면에서 신을 만나는 영성의 뿌리라는 것을 탁월하게 보여준 작품이 고대의 위대한 교부 성 아우구스티누스의 『고백록』(성염 옮김, 경세원, 2016)입니다. 아우구스티누스는 라틴어로 '기억'을 뜻하는 '메모리아memoria'에 대해 『고백록』 속 10권에 해당하는 내용에서 살펴보고 있습니다. 그는 기억에 대한 개념적 고찰과 내면의 욕구들에 대한 반성을 거쳐 기억에 간직된 자신의 '삶의 이야기'를 신과의 만남의 역사로 인식하는 데에 다다릅니다.

　　『고백록』 10권은 기억이 자아의 정체성을 확인하는 유일무이한 장소이자 신을 만나는 탁월한 자리라는 것을 설득력 있게 보여주며, 영성적 깨달음이 기억과의 바람직한 대화와 얼마나 깊이 연결되어 있는지도 확인하게 합니다. 먼저, 아우구스티누스는 기억이야말로 '나'를 이루는 핵심이라는 깨달음에 도달하고, 경탄합니다.

기억의 위력은 대단합니다. 뭐가 두려운지는 저도 모르겠으나, 저의 하느님, 바닥 모르고 한정이 없는 그 다면성! 바로 이것이 영혼이고 바로 이것이 저 자신입니다. 그러면 저의 하느님, 저란 대체 무엇입니까?

_「고백록」372쪽

아우구스티누스는 플라톤적인 전통을 받아들이며 기억과 상기의 상호 연관성을 전제하는데, 흥미로운 것은 과거의 격정들이 기억 안에서 변화된 형태로 보존되고 있는 것을 관찰하는 내용입니다. 이것은 우리가 기억을 단지 지니는 것만이 아니라, 기억을 '소화'하고, 적절한 거리를 두고 바라볼 수 있으며, 감각으로 기억되는 일련의 사건에 수동적으로 휘둘리는 대신 기억으로부터 배울 수 있는 잠재력을 지닌다는 추론을 가능하게 합니다.

제가 저런 격정들을 되새기며 기억해 낸다고 하더라도 저 격정들 가운데 어느 한 격정에도 제가 동요하는 일이 없습니다. 그러니까 저에게 되새겨져서 다시 다뤄지기 전에도 그것들은 저기 기억에 자리 잡고 있었습니다. 바로 그래서 회상을 통해서 그곳으로부터 끌려 나올 수 있었던 것입니다. 아마도 먹은 음식이 되새김질되면서 위장에서 나오듯이 저것들도 기억으로부터 회상되면서 떠오르는 것입니다. _같은 책 368쪽

아우구스티누스 '기억론'에서 오늘날 우리에게 가장 인상적인 부분을 꼽자면 기억과 '행복한 삶' 사이의 관계일 것입니다. 어떤 방식으로 기억이 작용하는가는 인간이 행복한 삶을 살아갈 역량이 있는가의 문제와 직결됩니다.

제가 지금 묻는 것은 행복한 삶이 기억 속에 존재하느냐입니다. 저희가 행복한 삶을 알고 있지 못하다면 좋아할 리도 없기 때문입니다. _같은 책 376쪽

(기쁨은) 제가 기뻤을 때에 제 마음에서 경험한 바이며 그 개념은 저의 기억에 달라붙었고, 그래서 제가 그 당시 즐거움을 누렸다고 기억해 내는 동기가 달라짐에 따라서, 때로는 씁쓸한 기분으로, 때로는 그리움을 품고서 회상해 내는 기억이 생기는 것입니다. (······) 선하고 고

결한 일로 어떤 기쁨을 맛본 적 있는데 그것을 지금 회상하면서도 그리워지기도 합니다. 지금은 그것이 실재하지 않아서 아쉽다는 듯, 옛적의 기쁨을 회상하면서 슬퍼지는 것입니다. _같은 책 377-378쪽

아우구스티누스에게서는 진리에 대한 탐구와 사랑, 기억 안에서의 자아 발견, 그리고 신과의 만남이 하나로 모여들고 있으며, 그는 이러한 통합과 조화에서 행복한 삶의 본질을 찾고 있습니다. 영성적 체험과 종교적 깨달음을 행복의 필수적 요소로 전제하지 않는 사람이더라도 행복한 삶을 위해서 기억과 대화하는 것이 얼마나 중요한 것인지를 일깨우는 아우구스티누스의 사상은 큰 영감이 될 수 있습니다. 기억과의 대화는 인간 본성이 가진 참된 행복에 대한 갈망과 그리움을 채워가는 여정이기 때문입니다.

행복과 기억이 시원적으로 연결되어 있다는 사실은, 인간이 체험하는 가장 심오한 정서적 현상 중 하나인 '향수'에서도 엿볼 수 있습니다. '향수'를 뜻하는 개념, '노스탈지아'는 '귀향(노스토스νόστος)'과 '고통(알고

$\sigma\alpha\lambda\gamma o\varsigma$)'이라는 두 그리스 단어가 합쳐서 생긴 조어입니다. 단순히 물리적 의미에서 나온 고향이 아니라, 존재의 시원과 본래적 의미로 돌아가려는 간절함과, 그것이 좌절되었을 때 사무치는 고통의 뜻을 함께 담고 있습니다.

그래서 향수는 좋은 시절을 그리워하는 과거 지향의 회귀만이 아니라 당장의 일들에 파묻혀 어느새 나에게서 멀어지고 잊힌 고귀하고 본질적인 인생의 의미에 대한 그리움입니다. 이것은 기억과의 대화를 통해 우리의 삶을 새롭게 조형하려는 내면의 깊은 갈망과 닿아 있습니다. 아우구스티누스의 기억에 대한 탐구를 통해 우리는 참된 행복이란 깊은 그리움에 가 닿은 크고 작은 추억들을 통해 조금씩 얼굴을 드러내는 것이라는 생각을 하게 됩니다.

노래가 담은 추억과 용서

지난해(2022년) 후반기 내내 즐겨 들었던 노래 한 곡이 '추억'에 대해 참신한 영감을 주었습니다. 이른바

'역주행'을 하면서 많은 사람들이 사랑했고, 올 초에 열린 권위 있는 '한국대중음악상'(20회)에서 '올해의 노래'로 뽑히기까지 한 윤하의 '사건의 지평선'입니다. 노래 하나가 천문학에 대한 관심을 환기시킨 드문 예이기도 하고, 대중적이면서도 자신의 음악과 이야기를 마음껏 펼친 멋지고 호소력 있는 노래였습니다. 노래의 제목을 '존재의 지평선'이라 해도 어색하지 않을 것 같습니다.

가사는 나를 둘러싸고 있다가 이제는 떠나간 사람들, 사물들, 그 모든 존재들의 소중함을, '추억'이라는 살아 있는 흔적을 통해 만나고 깨닫는 것이 인생의 의미라는 것을 어렵지 않으면서도 마음에 깊이 다가오게 전해줍니다.

노래를 들으며 기억의 의미를 생각합니다. 인간의 기억이 설령 사라지고 잊혀 가는 시간의 풍화를 피하지 못하더라도 만남의 사건들은 추억이라는 신비한 방식으로 변모되어 인생의 의미로 남는다는 것을 말입니다.

추억을 간직하고 인생의 의미를 확신하며 살아가기 위해서는 기억의 치유와 회복이 필요합니다. 자기 자신과의 화해와 나의 인생에서 일어난 일들, 나에게 상처를 준 사람들에 대한 용서를 필요로 합니다. 기억과의 대화에서 어쩌면 가장 어려운 과제이고 그럼에도 생략할 수 없는 과정이 '용서'입니다.

용서에 대해 다시 한번 깊이 성찰하게 된 계기가 미국의 포크 컨트리 가수이자 밥 딜런에 비길 만한 불세출의 작사가로 꼽히는 존 프라인John Prine(1946-2020)이 2018년에 내놓은 생전의 마지막 앨범이자 걸작인 〈용서의 나무(The Tree of Forgiveness)〉입니다. 이 음반을, 발매 후 두 해가 지나서 알게 되었는데 그해에 만난 가장 인상적이고 감동적인 음반 중 하나였습니다.

그저 음악적으로 훌륭한 것만이 아니라 행복하고 보람된 인생길은 어디에 있는지, 사람들을 만나고 좋은 일, 슬픈 일, 힘든 일을 겪는 가운데 어떻게 하느님의 말씀을 따라 살아갈 수 있는지 생각하게 하고, 음악이나 목소리나 가사에서 위로도 많이 받을 수 있는 음반이었습니다.

이 음반을 만난 이후, 전에는 이름이나 들어보았던 존 프라인이 수십 년에 걸쳐 내어놓은 주옥같은 곡들을 찾아 듣고 있습니다. 코로나로 전 세계적으로 힘

들었을 많은 이들의 답답한 심정을 헤아리며 만든 음반이라 할 수 있는데, 정작 그는 안타깝게도 코로나 바이러스에 따른 합병증으로 2020년에 세상을 떠났습니다. 그는 우편배달부였다가 스물넷의 나이에 가수로 데뷔했습니다. 그만큼 일상적이고 서민적인 생활에 뿌리내린 음악가입니다.

많은 컨트리 가수들이 그러하듯 그에게도 가스펠의 전통은 큰 원천입니다. 그는 팍팍한 삶을 사는 사람들의 생활과 마음을 현학적이지 않으면서도 따뜻하고, 절묘하면서도 유머가 깃든 이야기가 가득한 노랫말로 대변하고 위로했습니다. 그가 타계했을 때 수많은 팬들이 안타까워하며 그를 기렸고, 미국의 저명한 가톨릭 문화잡지 〈아메리카America〉는 그가 노래로 살아 있는 신학을 했다고 추모했지요.

그의 마지막 음반이 '용서'를 제목으로 삼았다는 것이 참 많은 생각을 하게 합니다. 이 앨범을 듣다 보면 '용서의 나무'가 인생이라는 동산 한 가운데 든든히 서서 열매 맺는 광경을 그려보게 됩니다. 그 나무가 드리우는 시원한 그늘에서 모두가 분노와 원망의 심정을 식히고, 미워하는 대신에 용서할 줄 아는 사람으로 회복되어 새롭게 출발하기를 희망하게 됩니다.

'용서의 나무'를 키우는 것은 쉬운 일이 아니고 인내와 시간과 노력이 필요합니다. 그 과정의 노고를 알아주고 응원해 주는 사람이 없을 수도 있습니다. 하지만 프라인의 앨범 〈용서의 나무〉에 실린 노래인 '오직 하느님만 아시네(God Only Knows)'에서 배우듯, 우리는 신이 우리를 아시고 우리를 용서하시는 것을 알기에, 우리 역시 용서라는 모험을 감행합니다.

기억과 만나고 화해와 용서에 이르는 것은 '오직 하느님께서만 아시는', 때로는 외롭고 힘들지만 그러나 가장 아름답게 나의 고유한 인생의 길을 걷는 방식일 것입니다.

겨울

'여가의
철학' 안으로

수도원 다녀오는 길

봄 날씨가 완연해진 성주간 첫날, 피정을 마치고
신학교로 돌아옵니다. 한 주 전 피정을 떠날 때와도 풍
경이 많이 달라져서 꽃들도 만개했습니다. '세속을 피
해 마음을 살핀다(避世淨念)'는 문자적 의미를 가진 피정
은 고요 속에 머물며 지친 마음을 회복하고 일상을 다

155

시 새롭게 살아가는 힘을 얻는 소중한 시간입니다. 서울로 오는 기차에서 창밖 경치를 바라보면서 한 주간 동안 수도원에서 보냈던 고요한 시간을 돌아봅니다. 우아한 음악이 사라지며 남기는 여음과도 같은 편안함과 달콤함이 있습니다. 봄이 이제야 마음속에 자리를 찾은 것 같습니다.

봄날이 되면 어느새 마음도 깨어나는 것은 하느님께서 인간 본성에 심어주신 자연스런 회복의 힘입니다. 사람의 몸과 마음은 자연과 닮아 있기에 무기력한 타성에 빠져 죽은 듯이 정체되어 있다가도 절기가 변할 때면 살아나고 새로워지는 힘이 있습니다. 봄은 우리 안의 회복력이 가장 잘 드러나는 계절입니다. 화창한 봄 날씨를 온몸으로 느끼고 마음이 조금씩 눈을 뜨면, 변화를 꿈꿀 의욕도 생깁니다.

봄의 절기에는 내가 살아 있고 움직이고 변화하는 존재라는 것을 자각하는 기쁨이 큽니다. 우리는 마음의 기력을 다시 찾아 생동하며 자신의 고유한 모습을 조형하는 힘을 얻습니다. 희망을 믿고 삶이 펼쳐가는 모험에 뛰어들 수 있습니다. 사랑을 향해 나아가고 선을 선택하려고 힘을 냅니다.

봄

수도원에서 집으로 돌아와 가만히 생각을 가다듬고 마음을 살피며 그곳에서 머무른 시간을 돌아봅니다. 기꺼이 절제하고 맑고 밝은 마음으로 침묵 속에 머물고 모자람 없이 환대받았던 기억이 여전히 생생합니다. 그러한 시간 속에 마음은 치유되고 생기를 얻었습니다. 이제 답답한 기분에서 벗어나 일상에서 조용하지만 꾸준하게 좋은 일들을 일구고 돌보고 싶어집니다.

마음의 봄은 눌린 것이 분출하고 폭발하는 것을 가리키는 것이 아니라, 마음이 유장한 강물처럼 고요하면서도 주저함과 막힘없이 가야 할 곳으로 흘러가는 모습을 뜻하는 것이라 생각합니다. 수도원에서 보낸 시간에서 배운 것은, 마음이 깨어나고 나아갈 힘을 얻기 위해서는 자유를 주고 생기를 회복시키는 규칙과 질서 속에 머물러야 한다는 사실입니다.

수도원의 시간은 우리에게 적절한 규칙이 '삶의 지지대'라는 것을 말없이 가르칩니다. 오랜 시간 동안 잘 숙성되어 공기처럼, 풍경처럼 어느덧 수도원 생활에 조용히 스며든 건강한 규칙은, 분주한 업무와 감정의 혼란에 마음이 지쳐버린 사람에게 길을 찾고 걸을 수 있게 돕는 '삶의 리듬'을 부여합니다. 시든 마음이 힘을 얻는 데에는 삶의 리듬을 익히는 것이 필요합니다.

수도사들의 일상은 새벽부터 밤까지 여러 번의 기도와 전례, 노동의 시간으로 촘촘하지만 과하지 않게 짜여 있습니다. 덕은 '중용'이고 '좋은 습성'이라는 고대로부터의 지혜는 수도생활 안에도 깊이 뿌리내리고 있습니다. 독서의 기도(새벽기도)와 아침기도, 이어지는 묵상과 아침미사, 아침식사 후 시작되는 일터의 소임, 일손을 놓고 모여들어 바치는 낮기도, 점심식사와 오후의 수고, 하루의 소임을 마친 후의 성체조배와 저녁기도, 저녁식사와 이어지는 담소 후에 끝기도(밤기도)로 그날을 감사와 찬미로 거룩하게 마치는 것이 수도원의 일과입니다.

'전례'와 '거룩한 독서(렉시오 디비나)'에서 듣는 성서 말씀, 그날 나에게 맡겨진 일들, 공동체 안에서 함께 겪은 여러 사건과 만남들이 흩어지지 않고 내 안으로 가만히 모여듭니다. 이윽고 해가 지고 밤이 되면 끝기도(밤기도)로 하루를 마무리하고 자연스럽게 선물로 주어졌던 하루를 하느님에게 봉헌합니다. 그리고 마침내 끝기도에 바치는 '시므온의 노래' 마지막 구절처럼 하

봄

루를 마감하고 잠의 휴식으로 '평화롭게 떠나갑니다.'

매일의 일과에는 시작과 맺음이 분명합니다. 이러한 일과 속에서 마치 술이 익어가듯, 반복되는 일들이 담고 있는 숨은 의미가 서서히 그 모습을 찾아가고 좋은 향기를 내며, 감정의 찌꺼기들은 걸러집니다. 서로 다른 여러 의욕과 일들 사이에서 방향을 잃거나 자기모순에 빠지지 않게 합니다.

자유로움과 질서가 조화를 이루는 삶의 리듬

정주定住의 삶을 사는 수도자가 아니고 잠시 머물다 가는 나그네라 하더라도 수도원에서 며칠을 지내다 보면 서양 그리스도교의 위대한 교부이자 모든 수도생활의 근간이 되는 『베네딕도-수도 규칙』(이형우 옮김, 분도출판사, 2000)을 남긴 사부인, 누르시아의 성 베네딕도(480-547)의 가르침을 요약하는 격언인 "기도하고 일하라(오라 엣 라보라ora et labora)!"가 담고 있는 깊은 지혜에 조금씩 공감하게 됩니다.

영혼의 양식과 치유를 찾아 수도원을 찾은 이에게

필요한 것이 있다면, 수도원 일과에 조건 없이 나를 맡기는, 열려 있고 편안한 마음입니다. 나태하지 않으면서도 일의 노예가 되지 않도록 조화롭게 질서 잡힌 시간을 내 안에 자리 잡도록 하다 보면 어느새 마음이 깊은 곳에서부터 깨어나고 힘을 되찾게 됩니다.

　수도원에서 피정을 하면서 몸과 마음에 생기가 도는 것은 많은 부분 규칙적인 일과 시간 덕분입니다. 촘촘하지만 답답하지 않게 짜여 있는 하루의 일들은 몸과 마음이 건강한 리듬을 감지하고 익히게 합니다. 이러한 삶의 건강한 리듬은 과함과 욕심에서 벗어나도록 이끌어 줍니다. 피정은 서서히 소진된 삶에서 생명력 있는 삶으로 옮겨가는 과정이기도 합니다.

　사실, 수도원의 일과는 결코 쉽지 않습니다. 목가적인 풍경을 완상玩賞하는 것도 아니고 낭만적인 도피도 아닙니다. 반복을 견디는 인내와 꾸준한 노고를 요구하는 현실입니다. 수도사들의 삶 안에도 불완전과 결함의 흔적들은 수시로 나타납니다. 도시에서 온 방문객이라면, 늦은 밤까지 불이 환한 장소에서 활동하던 익숙한 일상을 버리고 일찍 잠자리에 들며 '작은 죽음'인 잠을 맞이하는 것도 처음에는 낯설 것입니다.

그러나 수도원의 일과 속에는 평화롭게 하루를 마치고 다음날 아침에 새로 활기를 얻어 일터로 나아가는 좋은 반복과 순환이 살아 있다는 것에 주목합니다. 영적이며 육신의 존재인 인간에게 가장 어울리는 일상의 리듬이 존재한다는 것을 알려줍니다. 이러한 리듬은 규칙과 질서를 자유롭게 나의 것으로 하는 연습 없이는 익힐 수 없습니다. 규칙과 질서가 생기와 내면의 자유를 준다는 사실을 직접 체험하는 것이 중요하고, 수도원의 시간은 이를 위한 좋은 기회입니다.

수도원의 일과는 분명한 규칙에 따라 이루어집니다. 규칙 덕분에 수도원의 하루에는 모아들이고 다시 나아가게 하는 절묘한 멈춤의 시간이 반복적으로 찾아옵니다. 규칙은 얼핏 보면 제약처럼 보이기도 하지만, 자유로운 '사랑의 순종'을 통해 받아들인 좋은 규칙은 삶에 건강한 질서를 부여합니다. 하루를 분절하고 조각내서 성과를 짜내는 것이 아니라 전체적인 삶 안으로 그날 하루가 통합되게 합니다.

인생 안에 고유한 자리를 얻을 때 하루는 활기 있고 충만합니다. 이러한 하루하루가 모여 삶은 다채롭고 유연하면서도 일관성 있게 흘러갑니다. 여기에 완고하게 움켜쥐는 것이 아니고 헛되이 낭비하는 것도 아닌, 또 다른 삶의 방식이 있습니다.

이러한 일과가 몸에 익고 마음이 기력을 차리면 인생을 다르게 대하는 기회를 갖게 됩니다. 인생에서 정말 무엇이 중요한지 담담하게 돌아보며 분노와 욕심에서 한 발 벗어날 수 있게 됩니다. 과도한 몰입과 무기력이 반복되는 악순환에서 스스로 벗어나는 길이 보입니다. 바쁜 생활에 쫓기며 오랫동안 잊고 있던 사람됨의 가치들을 다시 자각하게 됩니다.

산책을 하며 수도사들이 정성들여 가꾸는 텃밭과 과수원과 정원에 자라난 새싹과 꽃들을 기분 좋게 바라보고, 공방과 작업장에서 태어난 정신과 손의 결실을 만나고, 성당과 회랑과 작업장과 도서관 등 곳곳에서 느껴지는 공들인 흔적들에서 기도하며, 묵상하는 삶의 자리 곳곳에 배인 애정이 담긴 손길에 감탄하다 보면, 어느덧 수도원 방문객은 자신의 뒤틀린 마음이 펴지는 것을 느낍니다.

꼭 수도원이 아니더라도, 자유로움과 질서가 조화를 이루는 삶의 리듬은 모든 충만하고 행복한 인생의 자리에 깃든 공통된 특징입니다. 회복하는 마음의 힘은 이러한 리듬 속에서 매일매일 자라납니다. 우리가 때때로 절실한 마음으로 수도원을 찾는 것이 아마도 오늘날 도시의 일상에서 이러한 리듬을 찾고 유지하는 것이 너무나 어렵기 때문일 것입니다.

자유롭고 건강한 규칙과 질서가 무엇인지 깨달은 사람이라면 당연히 '절제'의 미덕을 높게 평가할 줄 압니다. 욕망과 열정에 휩쓸리거나 혹은 이를 금욕적으로 억압하는 것이 아니라 올바른 대상을 찾아가고 좋은 열매를 맺도록 질서를 부여하는 것이야말로 '조화로운 삶'을 위한 기초가 됩니다.

지금, 우리에게 긴요한 '여가의 철학'

지친 마음에 생기를 불어넣는 것은 '피로사회' 한복판에 던져진 우리 모두에게 어려운 과제입니다. 그만큼 번잡하고 소진시키고 유혹 가득한 사회생활 가운

163

데 어딘가에는 마음이 맑아지고 힘을 얻는 자리를 간직하는 것은 소중합니다. 늘 수도원에서 피정하듯이 살 수는 없는 일이지만, 때때로 한 주일 정도 수도원이나 산사에 머물며 마음을 돌보고 숨 쉴 기회를 가지기라도 하면 좋겠지요.

하지만 해야 할 일을 짐처럼 매일 지고 빡빡한 삶을 사는 대부분의 사람들에게 이마저도 쉽지 않습니다. 시간과 여력이 있다 하더라도 이를 만남이나 여흥에 다 쏟다 보면 정작 삶의 리듬을 조율할 수 있는 차분한 시간을 마련하는 것은 소홀히 하게 됩니다. 그러나 어떤 상황에 있든지 가능한 최선의 방법을 고민해 지속적으로 마음의 회복력을 되찾을 만한 시간과 공간을 마련하는 것은 건강을 돌보는 것 이상으로 중요한 '자기 배려'입니다.

좋은 삶이 자라나는 이러한 시공간이 '여가'의 본 의미입니다. 좋은 삶을 사는 데 여가는 부차적이 아니라 결정적인 역할을 합니다. 여가는 무엇보다 마음을 돌보고 힘을 북돋우며 삶에 대해 성찰하는 시간이어야 합니다. 근심과 타성에 젖은 태도에서 잠시나마 벗어나 가만히 바라보고 생각하고 궁리하는 가운데 마음이 조금씩 깨어나고 회복되는 것을 체험하는 곳이 여가의 장소입니다. 한번이라도 이러한 여가를 온전하게 살아본 사람이라면, 그러한 시간과 공간의 소중함을 알기 마련이고 바쁜 일상 가운데서도 어떻게든 여가를 자신의 일상 안에 지속적으로 마련하려 애쓸 것입니다.

속도와 압박과 유행이 거센 물결처럼 휘몰아치는 시대에 각 개인이 조화와 균형을 잃지 않고 좋은 삶을 살아가기 위해서는 여가가 필요합니다. 여가의 방식을 제대로 분별하고 실행하기 위해서는 성찰하고 반성하는 사유의 힘이 요구됩니다. 이러한 사유의 힘은 연습과 훈련이 필요하기에, 여가는 주어지는 것이고 만드는 것이기도 하지만 배워야 하는 활동이기도 합니다.

학문적 연구의 영역을 넘어서 철학이 일반인들에게도 중요한 것은 철학이란 근본적으로 이러한 사유의 힘을 키우고 배우는 활동이기 때문입니다. 그러기에 추상적이 아니라 실천적 차원에서의 '여가의 철학'은 철학자만이 아니라 마음의 힘을 키우기 위한 모두에게 가능하고 긴요합니다.

철학은 고대철학의 지혜에서 영감을 얻어, 온전하

고 조화로우며 내적 가능성을 실현하는 인간의 좋은 삶, 곧 '행복'은 무엇보다 '여가'를 통해 가능하다는 것을 가르칩니다. 이는 '철학적 인간학'에서 중요한 범주가 되는 인간의 '정신성'에 비추어 살펴보면 더 분명하게 나타납니다.

철학적 인간학은 정신과 육신의 차원을 구분하지만 분리시키지는 않습니다. 사유는 정신의 활동이지만 육체적 활동의 영역들을 함께 돌보고 살핍니다. 정신적 차원에서의 인간의 완성에 몸의 만족과 감정적 충족이 전제되는 것처럼, 인간의 육체적이고 현실적이며 정서적인 욕구들 역시 결국은 정신적 가치들과의 만남을 통해 온전하게 통합됩니다.

그리고 정신은 자신을 실현하기 위해 여가를 '절대적'으로 필요로 하는데, 이러한 정신의 활동을 고대 이래 철학은 '관조觀照(Contemplatio)'라고 불렀습니다. 여가와 관조는 본질적으로 같은 뿌리를 가지고 있습니다. 관조 없는 여가는 온전한 여가가 아니며, 여가 없이 관조라는 인간 정신의 활동은 피어날 수 없습니다.

좋은 삶을 위한 기본 요소, '관조'

관조는 나 자신과 세상, 타인들을 '소유'가 아니라 '존재'의 관점에서 대할 수 있는 길을 열어줍니다. 관조는 생활 안에서 우리가 하는 일들을 찬찬히 성찰하고 반성하게 하며, 변화를 위한 결심을 하게 합니다. 관조의 경험을 가진 사람은 당장의 이익이나 사회적 역할에 따라 부여되는 의무와 관습을 기계적으로 행하는 것이 아니라, 스스로 책임감과 보람을 가지고 자신의 의무를 수행하며 정의와 연대, 사랑과 우정 등 높은 가치와 덕에 따라 살아가는 삶의 길을 지향합니다. 관조 속에서 깨어난 마음은 우리가 '생존'이 아니라 '좋은 삶'을 지치지 않고 추구하게 하는 원동력입니다.

고대철학 분야의 뛰어난 연구가인 독일의 프리도 릭켄Friedo Ricken(1934-2022) 신부는 '관조적 삶'의 시간이 허락되는 여가 안에서 비로소 인간은 '자기 자신'을 위해 존재할 수 있다고 말합니다. 그에 따르면 인간은 결코 관조적 삶을 포기할 수 없습니다. 일상적 삶을 위해 모든 여력이 다 소진되고, 존재와 우주에 대한 경이감을 느끼고 근원적 질문을 던지는 것이 불가능해진

인생을 행복하다고 부를 수 없기 때문입니다(참조: 프리
도 릭켄, 『고대 그리스 철학』(김성진 옮김, 서광사, 2000).

고전 시대의 아테네나 헬레니즘 시대의 지중해 지
역에서 활동했던 위대한 그리스 철학자들, 스토아철학
의 영향을 많이 받은 로마 시대 사상가와 문필가들은
학문적 탐구와 우주의 원리에 대한 사유를 대상으로
하는 '관조적 삶(Vita contemplativa)'의 전통을 세웠고,
이를 정치적, 사회적 차원에서의 인간 존재의 실현인
'활동적 삶(Vita activa)'보다 우위에 두었습니다. 뒤이어
신 플라톤주의자들과 고대 그리스도교 교부들은 '관조
적 삶'을 초월적인 신비 체험과 이를 향한 종교적 수양
에 뿌리내리게 했습니다.

중세 그리스도교 시대의 수도자, 신학자, 신비주
의자 들은 이러한 그리스와 로마의 철학과 고대 그리
스도교 영성의 유산을 이어받아 관조적 삶을 기도와
명상 생활로 확장시켰습니다. 종교적 명상의 삶을 세
속의 일상보다 우위에 두는 것 역시 이러한 전통에 속
한 것이었고, 관조적 삶은 당연히 기도와 명상과 신학
연구에 전념할 수 있는 소수의 사람들에게만 해당되는

삶의 형태로 생각했습니다.

하지만 오늘날 '여가의 철학'의 관점에서 바라본다면, 관조는 수도자들이나 학자들의 삶의 방식에만 국한되는 것이 아니라 모두에게 가능하고 필요한 보편적인 삶의 기본 요소입니다. 관조는 종교적 관상과 명상의 실천이기도 하고, 예술적, 미적인 체험이기도 하며, 만물의 원리에 대한 과학적 탐구, 혹은 대자연과의 깊은 친밀감으로 이해할 수도 있기 때문입니다.

그 다양한 형태에도 불구하고 관조라 지칭될 수 있는 모든 활동들이 근저에 공유하는 태도들이 있습니다. 이익과 효율성에 매이지 않고, 손에 쥐거나 소유하려는 마음 대신에 자신의 내면을 전적으로 신뢰하며 존재 그 자체에 머무르려는 삶의 태도입니다. 스스로나 남을 도구화하지 않고 귀하게 여기려는 마음입니다. 이것은 누구나 '좋은 삶'을 살려고 한다면 익혀야 하는 근본 방향이자 습성이기에 관조는 모든 사람에게 추구해야 할 가치가 됩니다.

'여가의 철학'의 중요성을 현대인들에게 상기시킨 독일의 중요한 가톨릭 철학자인 요셉 피퍼Josef Pieper(1904-1997)는 '오늘의 고전'이라 할 그의 저서 『여가와 경신』(김진태 옮김, 가톨릭대학교출판부, 2011)에서 관조적 삶이 숨 쉬는 자리로서 여가를 다음과 같이 그려보고 있습니다.

> 여가는 일에 끼어들어 관여하는 사람의 태도가 아니라, 자신을 열어두는 사람의 태도이다. 그것은 움켜쥐는 사람의 태도가 아니라, 놓아주는 사람, 자신을 놓아주고 내맡기는 사람의 태도이다. 잠자는 사람이 자신을 탁 내맡기는 것과 같다(자신을 내맡기는 사람만이 실로 잠들수 있다). 그리고 실제로 여가 결여와 불면이 어떤 의미에서 서로 관련되어 있는 것처럼 보이듯이, 여가를 누리고 있는 사람은 잠자는 사람과 비슷하다.
>
> _『여가와 경신』 69쪽

여가를 올바로 향유할 수 있고, 나아가 관조적 삶의 태도를 일상 안에 가져올 수 있는 사람은 학문과 예술과 종교적 명상의 영역에서 기쁨과 충만함을 체험할 뿐 아니라 다른 사람 또는 자연과 만나면서도 감사와 축복의 체험을 할 수 있습니다. 아까운 나이로 선종했고 올해 10주기를 맞은 천주교 의정부 교구 전숭규 신부(1962-2013)의 유고집에 실린 단상 한 편에서도 이를 잘 느낄 수 있습니다.

붉게 물든 저녁노을, 봄맞이하며 재잘대는 계곡의 물소리, 해맑게 웃는 어린아이의 얼굴, 이런 것은 하느님께서 우리에게 주신 자연의 선물이며, 우리가 날마다 누리는 축복입니다. 또한 이웃과 따스한 정을 나누고, 친구와 우정을 나누며, 가난한 이들과 친교를 이루고, 외롭게 사는 이들과 대화하다 보면 거기에 바로 구원의 현실이 있음을 깨닫게 될 것입니다.

_「세상이라는 제대 앞에서」(예체, 2023) 39쪽

여가와 일요일

여가와 관조는 인간에게 본연의 존재와 자유를 체험하게 합니다. 이러한 여가는 자의적 욕구의 추구가 아니라 스스로를 더 깊은 차원에서 자유롭게 하는 절제와 규칙을 필요로 합니다. 앞서 이 사실을 수도원에서의 하루가 어떻게 흘러가는지를 살펴보며 확인해 봤습니다. 자유를 주는 규칙은 인간에게 본성적으로 새겨져 있는 '시간 개념'에 부합할 때 내면화될 수 있습니다. 이러한 깨달음은 가톨릭교회의 '전례의 시간' 안에서 천 년이 넘는 세월을 거치며 간직되고 발전되어 왔습니다.

수도원 일과 역시 전례의 시간에 그 뿌리를 두고 있습니다. 요셉 피퍼는 '여가의 철학'에서 여가와 관조에 더하여 '경신敬神'을 중요한 요소로 꼽습니다. 다양한 활동의 궁극적인 목적에 대한 명확한 의식을 촉구하는 것이기도 하고 경외심과 종교적 축제의 인간학적 깊은 의미를 새롭게 조명하는 것이기도 합니다. 경신이 구체화되고 체험할 수 있고 반복될 수 있게 하는 것이 '전례典禮'입니다.

'일요일'의 의미 역시 전례의 시간에 근거합니다. 일요일(교회 용어로는 '주일=주님의 날')은 한 주간의 전례에서 가장 탁월한 위치를 차지합니다. 일요일은 평일 노동의 시간을 효과적으로 하기 위한 휴식의 날인 것만은 아닙니다. 전례의 시간을 통해 우리는 오히려 여

봄

가가 있는 주말을 위해 일하는 평일이 있다는 위계질
서를 분명히 확인하게 됩니다. 노동에 대한 여가의 우
위는 오늘날 새롭게 음미해야 할 가치입니다.

일요일의 개념은 원래 구약 성서에서 신이 부여한
세상 창조의 완성을 의미하는 '안식일'에서 유래되었
고, 그리스도교 안에서는 주님을 기억하는 미사전례를
위해 온전하게 보장된 '주일'에서 유래했습니다. 이렇
듯 일요일의 의미 안에서 여가와 관조의 본질 역시 드
러납니다. 신이 세상을 창조하신 후 그 모든 것들이 '보
시니 좋았다'고 성서가 증언하듯이(창세기 1,31), 관조는
자기 자신과 자신의 삶에 대해 아직 이루지 못한 것에
안달하는 것이 아니라 존재 자체에 대한 긍정과 애정,
조화와 평정의 마음으로 바라보는 자세를 의미합니다.

여가의 시간 안에서 우리는 이러한 자세에 점점
가까워지는데 그 모범을 일요일을 주일로 여기며 자유
롭고 평화스럽고 경건하게 보내는 종교인의 소박한 모
습에서 살펴볼 수 있습니다.

전례의 시간과 성주간의 음악

전례의 시간을 담고 있는 가톨릭교회의 보고寶庫
는 '전례주년'입니다. 한 해에 사계절이 있듯이, 전례주
년은 교회가 절기와 신앙생활의 흐름에 맞게 신앙의
신비들을 매년 '교회력'에 따라 순환하며 실천하는 내
용입니다. 대림절, 사순절, 부활절, 성탄절 등의 교회
밖에도 널리 알려진 교회 용어들이 모두 전례주년에
담겨 있습니다. 전례주년을 통해 신앙인들은 한 해의
'건강한 리듬'을 살아갈 수 있습니다. 경신하는 존재로
서의 인간의 본질을 찾게 하는 규칙과 질서를 전례주
년을 통해 구현되는 전례의 시간 안에서 만나고 체험
합니다.

봄은 이러한 전례의 시간이 절정에 이르는 시기입
니다. 다음과 같은 오래된 사순절 찬미가는 봄에 맞이
하게 되는 전례의 시간을 아름답게 노래합니다.

어느덧 세월 흘러 봄이 돌아와 /
사십일 재계시기 다가왔으니 /
교회의 신비로운 전통에 따라 /

마음을 가다듬어 재齋를 지키세

전례의 시간에서 가장 중요한 때는 예수님의 수난
과 죽음과 부활을 전례를 통해 함께 묵상하고 고백하
는 '성주간'이며 그중에서도 절정은 성주간의 성 목요
일, 성 금요일, 성 토요일을 일컫는 '성삼일(Triduum
Paschale)'입니다. 신앙인은 물론이고 신앙인이 아니더
라도 성삼일을 위해 쓰인 성음악을 통해 깊은 위안과
힘을 얻을 수 있습니다. 그중에서도 함께 나누고 싶은
음악은 성삼일을 위해 작곡된 르네상스 시대의 위대한
스페인 작곡가 토마스 루이스 데 빅토리아Tomas Luis de
Victoria(1548-1611)의 〈성삼일을 위한 성무일도(Officium
Hebdomadae Sanctae)〉입니다.

전례는 시대 변화에 적응하기 위해 때때로 그 본질
을 훼손하지 않는 한에서 '개혁'이 필요하기 마련입니
다. 예전에 행하던 예절이나 복장, 제구 혹은 기도문이
더 이상 사용되지 않는 경우가 그 때문입니다. 가톨릭
종교음악을 감상할 때도 이러한 개혁 과정에 따른 변화
를 알고 있으면 보다 깊은 이해에 도움이 됩니다.

종교를 떠나서 많은 사람들이 사랑하는 대표적인

음악 형식이라 할 〈위령미사곡(레퀴엠Requiem)〉 중에서 모차르트나 베르디의 곡으로 큰 전율과 감동을 주는 '부속가(세켄시아Sequentia)'인 '진노의 날(디에스 이레Dies Irae)'이 오늘날 실제 전례에서는 더 이상 봉독되지 않는다는 것은 그 좋은 예입니다.

토마스 루이스 데 빅토리아의 음악을 감상할 때도 이런 사전 지식이 유용합니다. 〈성삼일을 위한 성무일도〉의 다른 이름은 〈테네브레Tenebrae〉입니다. '테네브레'는 르네상스와 바로크 음악에서 성주간과 관련된 대표적인 음악 유형입니다. 카를로 제수알도, 프랑수아 쿠프랭, 마르크 앙트완 샤르팡티에와 같은 르네상스와 바로크 시대의 유명 작곡가들이 작곡한, 테네브레를 위한 뛰어난 곡들이 있습니다. 바티칸이 아꼈다고 전해지는 신비로운 곡으로 유명한 그레고리오 알레그리의 〈미제레레Miserere〉(1638) 역시 '테네브레' 전례의 마지막에 봉독하는 '참회시편'의 노래이기도 합니다.

'어둠'을 뜻하는 '테네브레'라는 명칭이 암시하듯이 용어는 성삼일 밤에 열다섯 개의 초를 켜놓고 시편 한 편이 끝날 때마다 그 초를 끄면서 바치던 '밤 기도'를 가리킵니다. 근대 이후 전례 개혁을 통해 '밤 기도'의 전례는 독서와 시편기도, 응답송 등을 새벽기도로 통합하는 방식으로 간소화됩니다. 더 이상 '테네브레' 전례는 거행되지 않지만 르네상스와 바로크 시대의 '테네브레'의 명곡들은 여전히 성주간과 성삼일의 전례 시간을 음악적으로, 영성적으로 깊이 체험하도록 이끌어 줍니다.

루이스 데 빅토리아의 이 작품은 '테네브레'를 위한 전례 음악 명곡 중 하나로 언제나 꼽혔고, 종교적, 영성적으로 이 전례의 정신을 가장 잘 구현하고 있습니다. 이 음악의 진수를 느낄 수 있도록 뛰어난 연주가 담긴 음반을 쉽게 구할 수 있어 다행입니다. 바로 고음악을 대표하는 명인인 스페인 카탈루냐의 조르디 사발이 그의 분신과도 같은 음악 단체인 라 카펠라 레이알데 카탈루냐와 에스페리옹 XXI이 함께 연주한 2018년 녹음입니다.

성삼일 전례음악 모두가 각각 한 장의 CD에 담겨모두 3장으로 구성되었습니다. 이 음반에 실린 음원은 2018년에 이틀에 걸쳐 잘츠부르크의 한 성당에서 실황 공연한 것이 바탕이 되었습니다. 어린 시절부터 데 빅토리아의 음악을 깊이 존경하고 이로부터 많은 영향을 받은 사발은 철저한 연구와 작품에 대한 애정으로 이 곡의 진수를 전해주고 있습니다.

이 음반을 전례의 측면에서 특별히 권하고 싶은 이유는, 데 빅토리아가 작곡한 응답송(Resposorium)과 합창곡 들을 개별적인 음악으로서만이 아니라 전체 전례의 흐름 안에서 체험할 수 있기 때문입니다. 금요일 수난 복음을 포함한 전례를 위해 사용되는 그레고리오 성가 선법에 따른 낭독 역시 음반에 수록되어 있습니다. 그리고 여러 언어로 제공되는 해설도 이 음악의 위대함을 이해하는 데 큰 도움을 줍니다.

사발과 여러 음악학자들이 저술한 4편의 간결하면서도 인상적인 글이 해설 소책자에 실려 있습니다. 다 번역해서 소개하고 싶을 정도로 인상적인 글들인데, 그 제목만으로도 우리가 이 음악을 대하는 자세에 도움을 받게 됩니다. 이 음악은 "독특한 형식 안에서 내적인 기도"를 바치는 것이며, "십자가의 발밑에서 신비를 묵상하는 음악"이자 "빛을 향해 가는 수난과 어둠"의 여정을 걷는 것이고, "그리스도 수난의 신비에 관한 절대적인 걸작"입니다.

단순함을
찾아서

─

여름을 맞이하는 우리의 자세

한 해의 절반을 보내고 여름을 맞이하면, 우리 몸의 리듬은 조금씩 느려집니다. 과도한 일과 빠른 속도를 감당하기 어려워지기 시작하는데, 이는 제대로 쉬고 충전하라는 자연스러운 신호입니다. 닦달하고 다그치며 사는 것을 멈추고 지친 몸과 마음을 돌보라는 것이지요. 팽팽했던 일상을 느슨하게 조율하고 일 욕심도 덜어내며 천천히 삶을 돌아보면서, 바쁘게 사느라 놓치고 있었던 인생의 다른 면들을 살펴볼 때입니다.

인간관계에서 생기는 갖가지 힘든 감정으로부터 좀 거리를 두고 자유로워지는 연습을 하기에도 적절한 시기입니다. 여름은 이처럼 느림과 멈춤으로 초대하지만, 한편으로는 만물이 생명력의 절정에 이르는 계절입니다. 작열하는 햇빛, 울창해진 숲, 나날이 익어가는 과실, 커가는 논밭의 작물, 뽑아도 자라나는 잡초와 달려드는 벌레들까지, 여름만큼 약동하고 생기 있는 때도 없습니다.

그런가 하면 여름은 낭만의 때이기도 합니다. 마치 간주곡처럼, 뜨거운 여름의 틈새로 그간 눌러두었던 감각이 우리 안에 소리 없이 깨어납니다. 모처럼 바람이 찾아와서 대지의 열기가 잠시 쉬어가는 늦은 여름밤이라면, 소란한 도시에 있더라도 설레는 감성이 숨을 쉽니다. 가끔씩 불꽃놀이처럼 찾아오는 찬란하고 아름다운 여름밤은 잊을 수 없는 추억으로 남습니다. 느림과 멈춤의 시간 안에서 자기 자신을 다시 찾고, 존재의 생명력을 충만하게 느끼며, 내 안 깊은 곳에 출렁이는 감정이 살아 있음을 감지하는 여름은 행복한 계절입니다.

행복한 계절인 여름에는 여유를 가지고 피어나는 자연을, 내 삶의 구석구석을, 나의 몸과 마음을 투명하게 바라보는 순간이 어울립니다. 많은 고대 철학자들이 이것을 지혜에 이르는 '수양'의 시작이라 했지요. 이런 지혜는 이론적인 것이 아니라, 경험에서 시작해 나의 몸과 마음에 깃들어 일상을 품고 존재를 밝혀주며 좋은 삶으로 이끌어 주는 '인생사의 지혜'입니다. 이제 실천을 해볼 때입니다. 단기적인 목적에 종속되어 계획하고 따져보는 데 힘을 다 소진하는 삶의 방식에서 자유로워져, 그동안의 삶을 긴 안목을 가지고 되짚어보는 자세를 가질 때입니다.

감정과 욕망을 담담하게 살피고 사려 깊게 돌보며 올바른 방향으로 흘러가도록 내면의 물꼬를 열어주어야 합니다. 눈에 보이는 성취로 이끄는 영리함과 명민함에 뿌듯해하기보다는 인간사의 빛과 그림자를 아우르는 지혜를 추구하는 것이 필요합니다. 이번 여름에 모처럼 휴가를 얻게 되면, 경쟁사회에서 살며 짊어진 여러 염려들을 조금이나마 내려놓고 자신의 감정을 편안히 마주하며, 복잡한 생각에 휘말리는 대신 가만히 본질에 다가가는 습관을 들이면 어떨까요? 인생의 위기와 전환기에는 손에 잡히는 이익에 빠른 셈법이 아니라, 인생 전체를 통찰하는 무르익은 판단력이 필요합니다. 어쩌면 이번 여름이 그러한 방향 전환을 위한 '카이로스(때)'인지 모릅니다.

문득, 여름에 꿈꾸는 이런 삶의 전환은 '단순함'이라는 덕에 의지하는 것이 아닐까 하는 생각이 들었습니다. 아마 오늘을 사는 우리들에게 가장 부족한 덕목이야말로 단순함일 것입니다. 유치함, 사려 없음, 사유하지 않음, 편향과 맹목 같은 부정적인 의미가 아니라 여러 덕의 근원이자 종합으로서 단순함이 무엇인지 우리는 잘 알지 못합니다. 그런 모범을 만나기도 어렵고 경험해 볼 기회도 적기 때문입니다. 알고리즘과 정보에 익숙해지는 것에 반비례해 삶의 본질과 대면하고 복잡도가 높아진 시대에 분명하게 인생의 의미를 열어주는 직관을 배우는 것은 낯선 일이 되었습니다.

여유를 가지고 보내는 여름은 우리 내면에 덕으로

서 단순함이 자라도록 씨앗을 뿌릴 좋은 밭을 가는 것과 같습니다. 내면에 단순성을 지닌 사람은 세상을 선입관에 사로잡히지 않고 분별력 있게, 명료하지만 포용적인 시선으로 바라보고 이해하는 힘이 있습니다. 단순함의 덕은 우리가 일면적인 유능함이나 효용성에만 집착하지 않게 중심을 잡아줍니다. 단순함은 인생을 잘 살게 해주는 여러 지혜 중 그 뿌리이자 바탕이라 할 만합니다. 그리고 이런 단순함은 느림과 멈춤의 시간을 허락하지 않으면 자라기 어렵습니다.

그러니 단순함을 체험할 충분한 여유가 있었는지를 좋은 휴가의 기준으로 가늠하는 것도 틀린 일은 아닐 것입니다. 애써 일에서 벗어나 얻게 된 소중한 여름 휴가에 여전히 불만과 불안에서 오는 걱정에 빠져 있었거나, 원초적 욕구에 휩쓸려 소비와 향락에 시간을 보내고, 결국 숙취 같은 피로와 씁쓸한 뒷맛만 남는다면 불행한 일입니다. 휴가는 그 시간이 지나고 일상으로 돌아왔을 때 내가 조금이나마 더 나은 사람이 되었을 때, 비로소 그 가치가 빛납니다.

단순함이 함께한다면 이번 여름은 행복할 것입니다. 창문에 밤하늘의 빛나는 별빛이 비치려면 화려한 조명을 꺼야 하듯, 단순함의 자리가 있을 때야 비로소 우리의 몸과 마음이 느림과 멈춤이 주는 삶의 성찰을, 여름에 만개한 다채로운 생명의 풍경을, 아름답고 설레게 하는 낭만적 정서를 담을 수 있기 때문입니다.

그저 여기에, 단순함의 덕과 아름다움이

우리는 덕과 미학적 아름다움은 같은 뿌리를 가지고 있다는 것을 플라톤이나 토마스 아퀴나스 같은 위대한 철학자에게 배웁니다. 단순함의 덕을 익히기 위해 단순함의 아름다움을 잘 드러내는 훌륭한 예술과 문학을 향유하는 것은 큰 도움이 됩니다.

단순함의 아름다움을 논할 때 종종 일본의 문예가 언급됩니다. 문학과 회화, 공예, 다도나 선불교 등에 나타난 단순함의 미학이 서양 근대와 현대 시대 여러 예술의 대가들에게 많은 영향을 주었고, 이런 미학의 종교적, 의례적 표현이라고도 할 수 있는 선불교나 다도 등이 서구 그리스도교인들 중에서 명상에 깊은 관심을 가진 이들에게도 매우 매혹적이었다는 것은 잘 알려져

여름

있습니다.

　일본 예술의 단순함의 미학을 대표하는 인물 중 한 명이 마쓰오 바쇼松尾芭蕉(1644-1694)일 것입니다. 바쇼는 하이쿠 문학에서 절대적인 위치를 차지하는 대가입니다. 하이쿠는 일본의 고유하고 간결한 정형시 양식으로 불과 열일곱 글자에 시상을 담는, 소우주와 같은 문학입니다. 하이쿠를 짓는 시인은 단순함 안에서 자신의 인격과 시심을 정련해 가고 과시적 기교를 넘어 사물의 본질을 포착하는 평범하면서도 절묘한 언어를 찾아내야 합니다.

　예전에 번역되었고, 한동안 절판되었다가 최근에 충실한 해설과 주해와 함께 재출간된 마쓰오 바쇼의 하이쿠 선집인 『바쇼의 하이쿠』(유옥희 옮김, 민음사, 2020)를 통해 우리말 번역으로 그의 시 세계를 접할 수 있습니다.

　그의 잘 알려진 하이쿠들을 보면 고요한 연못에 개구리가 뛰어드는 장면이나, 냉이꽃 피어난 울타리를 지긋이 바라보는 모습, 혹은 늦가을에 행인 하나 없는 길을 걷는 심경 같은 평범한 삶의 장면을 절제된 언어로 친근하게 그려냅니다. 소리 내서 찬찬히 읽으면, 당장 그 정경이 눈에 선하게 보이는 듯합니다. 바쇼의 진정한 위대함은, 기법적으로 절묘하다고 찬사를 받는 그의 시가 사실은 언어유희나 형식을 위한 형식을 추구하는 것이 아니라 삶의 애환을 담고 있다는 데 있습니다.

그는 단순함의 '미학' 자체를 추구한 것이 아니라 슬픔, 외로움, 연민, 초연함 등 인생에서 겪는 감정과 이를 통한 깨달음들을 단순함의 '시선'으로 포착하고 있습니다. 그에게서는 단순함의 덕 안에서 단순함의 아름다움이 자연스럽게 우러나옵니다. 우리는 그의 시를 예술로 즐기거나 경탄할 뿐 아니라, 시인의 시선을 따라가며 인간사와 자연의 풍경을 대할 때 지금과는 다른 방식으로 보는 법을 배우게 됩니다.

바쇼는 생전에 이미 큰 명성을 얻었음에도 늘 '길 떠나는 사람'으로 소박하고 겸허하게 살았다고 합니다. 그의 하이쿠가 많은 이들에게 위로와 영감이 되는 이유일 것입니다. 그는 여행기 저자로도 이름이 높은데 그가 저술한 견문록을 읽다 보면, 그의 뛰어난 하이쿠 작품들이 창작된 구체적인 배경도 알게 될 뿐더러, 단

여름

순함의 덕과 시선은 열린 마음으로 세상과 사람들과 만나며 서서히 도야되는 것이라는 사실도 새삼 확인하게 됩니다. 『바쇼의 하이쿠 기행』(김정례 옮김, 바다출판사, 2008)은 바쇼라는 인물에 공감하고 그의 시를 이해하는 것뿐 아니라 단순함의 덕과 아름다움을 구체적으로 그려보는 데 큰 도움이 되었습니다.

일본 문화에서 이상화되는 단순함의 미학은 오늘날 전 세계적으로 예술과 일상의 미의식에서 중요한 역할을 하는 '미니멀리즘'을 선취한 면이 있어 자주 감탄하게 됩니다. 하지만 지나치게 인공적이고 과도한 완벽주의에 빠져 있는 것이 아닌가 하는 의구심이 들기도 합니다. 삶의 풍부함과 무관한 단순함은 극도로 세련되어진 인공적 기법일 뿐이고, 예술을 위한 예술, 의례를 위한 의례에 불과할 것입니다.

바쇼의 작품이 시대와 문화를 넘어 사랑받고 있는 것은 이러한 유혹에 빠지지 않았기 때문입니다. 바쇼의 문학에서 느끼게 되듯, 완벽주의가 아닌 소박함과 진솔함이 단순함의 덕과 아름다움의 핵심이라는 것을 잘 보여주는 예술 에세이가 레너드 코렌Leonard Koren의 『그저 여기에 와비사비(わび·さび/侘·寂)』(박정훈 옮김, 안그라픽스, 2019)입니다.

코렌은 미국인으로서 일본인들 스스로는 오히려 규정하기 어려워하는 일본적 단순미의 원리인 '와비사비'를 열정적 애호가와 비판적인 국외자의 시선을 교차시키면서 독창적이면서도 객관적으로 잘 풀이해 주고 있습니다. 그런 면에서 이 책이 일본어가 아닌 영어로 쓰인 것도 의미가 있습니다. 코렌의 이 책은 일본 미학에 대한 간결하며 신선한 안내서로도 좋지만, 군더더기 없고 운치 있는 글에는 긴 시간 동안 숙고하고 명상한 흔적을 느끼게 하는 통찰들이 있어 읽고 나서도 오래 여운이 남으며 독자들을 사유로 초대합니다.

코렌은 와비사비를 '불완전하고 비영속적이며 미완성적인 것들의' 아름다움이자 '소박하고 수수하며 관습에 매이지 않는 것들의' 아름다움이라고 규정합니다. 이러한 규정은 단순함의 덕이 지닌 속성에도 그대로 적용할 수 있다고 생각합니다.

난해하지는 않지만 함축적인 이 책에서 특히 인상적인 내용은 '와비사비'라는 미의 기준이 이미 정신적 차원과 윤리적 태도들을 담고 있다는 것을 풀이하는

여름

대목입니다. 그에 의하면 와비사비의 아름다움을 아는 이라면 '진리는 자연을 바라보는 데서 비롯된다'는 사실과 '모든 것은 미완성'이며 '위대함은 우리가 주목하지 않고 지나치는 작은 것에 존재'한다는 것을 깨달아야 합니다. 그렇기에 아름다움을 알아보는 눈은 삶 안의 윤리적 태도로 이어져야 하는데, 무엇보다 '불가피한 것을 수용하는' 겸허한 자세와 '본질에 집중'하려는 자세입니다.

그는 한국어 번역서에 따로 붙인 서문에서 '와비사비'라는 말이나 개념보다 더 중요한 것은 한 나라의 한계를 넘어서는 아름다움의 보편적 기반이라고 언급하면서, 때로는 일본의 공예 예술이나 다도 의례들이 보이는 과도한 완벽주의나 형식주의가 '와비사비'의 참뜻을 왜곡하고 있다고 지적하기도 합니다. 그러면서 우리나라 도공들이 빚은 '막사발'이야말로 이러한 미적 원리가 지향하는 것을 잘 구현하고 있다고 말합니다.

예술에서의 단순함의 아름다움은 일상의 삶에서 단순함의 덕을 발견해 가는 태도와 무관할 수 없을 것입니다. 일본의 '와비사비'와 우리나라의 고유한 공예 전통이 심저에서는 서로 공유하는 뿌리가 있다고 보는 저자의 통찰은 일리가 있습니다. 생각해 보면 우리나라의 옛 선비들이 낙으로 삼은 시가와 그림들이 보여주는 품위 있는 단순함에도 매일의 삶에서 아름다움과 덕이 만나도록 하려는 노력이 담겨 있는 게 아닐까요? 단순함의 덕과 단순함의 아름다움은 함께 우리의 삶을 보다 생기 있고 조화롭게 합니다.

단순함의 영성, 그 시선으로 이르는 길

단순함의 덕과 아름다움에 대해 성찰하면서, 어느덧 단순함의 '영성'의 문턱에 오게 됩니다. 단순함은 숙고나 추론을 넘어서는 더 깊고 근본적인 영역에 자리잡은 덕이자 지각이고 인식이며 마침내 인생살이 전체와 관련됩니다.

단순함은 살아 있는 삶의 경험, 윤리적이고 도덕적인 선에 대한 추구와 실천, 자연과 예술의 아름다움에 대한 직관적 인식을 가능하게 하는 내면의 역량입니다. 이러한 힘은 궁극적으로 인간 존재의 가장 깊은 뿌리인 영성에 닿아 있습니다. 사도 바오로가 코린토

인들에게 보낸 둘째 편지에서 고백하는 다음의 아름다운 성서 구절에서 단순함의 영성에 대한 더할 나위 없는 정의를 만날 수 있다고 생각합니다.

> 우리는 이 보물을 질그릇 속에 지니고 있습니다.
>
> _2코린 4,7

단순함의 덕과 단순함의 시선에 이르는 길은 선善과 아름다움이 외적 화려함이 아니라 소박하고 겸허하며 자신을 내어놓는 삶 안에 있다는 것을 깨닫는 과정이라고 생각합니다. 이런 깨달음은 자연 안에서, 사람들 사이에서, 예술 작품을 마음으로 만나는 순간들이 모여서 이루어질 것입니다. 신앙인이라면, 부족한 나와 너 안에 하느님이 담아두신 선하고 아름다운 것들을 어린아이처럼 순수하고 단순하게 알아보는 눈을 가지는 것이라고 말할 수 있겠지요.

신앙을 갖지 않은 사람에게도 사도 바오로가 열어주는 '단순함의 영성'은 시끄럽고 복잡한 현대 사회에서 올바른 방향을 바라보며 꾸준히 살아갈 수 있는 중요한 힘이 됩니다. 인간 존재의 깊은 신비에서부터 단순함의 덕이 가진 본질을 드러내 주기에 관심을 가질 필요가 있습니다.

단순함의 영성에 대해 명상하고 가르친 여러 영성가들이 있지만, 그 중에서도 프랑수아 드 페늘롱François de Fénelon(1651-1715)은 꼭 언급하고 싶습니다. 그는 세계가 '단순함'을 상실하기 시작한 시점이라고 말할 수 있는 근대의 문턱에 살면서 단순함의 영성에 대해 깊이 명상하고 인내로이 권고한 탁월한 인물이었습니다. 그는 루이 14세 시대에 프랑스에서 뛰어난 문필가이자 가장 유명하고 존경받았던 가톨릭 성직자이며 대주교라는 지위를 가지고 있었지만, 권력과 명성에 미혹되지 않고 평생을 깊은 영적 묵상과 저술에 힘쓴 참된 종교인이자 명상가였습니다.

오늘날 페늘롱은 무엇보다 '멘토'라는 개념이 대중화되는 데 결정적인 계기가 되었으며 여전히 인문교육에서 고전으로 꼽히는 『텔레마코스의 모험』(김중현 옮김, 책세상, 2007)의 저자로 알려져 있습니다. 당대에 그의 신학적, 영성적 저술들은 가장 중요한 논쟁의 대상이었고, 그의 영성 저서는 오늘날의 종교 철학에 큰

영감을 주고 많은 독자들이 종교 생활을 실천하는 데
충실한 지침이 되고 있습니다.

　그가 당시 궁중 생활을 하는 여러 귀족들과 왕족들
에게 그리스도인으로서 신앙과 영성을 지키고 키워가
도록 권고한 여러 영성 서적들은 여전히 영성 분야의
고전으로 꼽히는데, 그중에서도 『그리스도인의 완전』
(최애리 옮김, 복있는사람, 2022)은 각별히 권할 만합니다.

　이 책의 거의 끝부분에 보면 "단순함이란 무엇인
가: 그 실천과 다양한 단계"라는 장이 나옵니다. 그 주
제는 '그리스도인의 단순함'이지만, 종교를 떠나 '단순
함의 덕'을 성찰할 때도 매우 가치 있는 내용이 담겨 있
습니다. 페늘롱은 무엇보다 덕으로서의 단순함과 단지
무례하고 어리석은 결점인 단순함을 구분합니다. 그리
고 덕으로서의 단순함은 고상한 것이기는 하지만 사변
과 말로써가 아니라 실천으로써 배우는 것이라고 말합
니다. 페늘롱은 이러한 실천에 유익한 도움을 주기 위
해 덕으로서 단순함이 가지는 특성을 설명합니다.

　먼저 단순함은 '영혼의 솔직함'에 뿌리내리고 있지
만, '진실함'과는 꼭 같은 것은 아닙니다. 진실함은 분명
중요한 덕목이지만 기본적으로는 자기 자신이 남에게

어떻게 보이는지 끊임없이 의식하기에 그로 인해 자신의 행동과 동기를 돌아보는 태도입니다. 늘 타인의 눈을 의식하며 자아 성찰과 행동의 점검에 힘을 쓰다 보니 삶이 긴장되고 다른 사람들과도 편하게 지내기 어렵습니다. '편하고 자유로운 것, 순진하고 자연스러운 것'이 결여되었다는 것이지요.

반면 단순한 사람은 '덜 반듯하고 덜 가다듬어진' 그리고 '더 불완전한 사람'일지 모르지만, 오히려 이런 이가 다른 이들을 감화시킬 수 있고, 더 사랑받는다고 말합니다. 물론 페늘롱은 진지한 자기 성찰과 반성이 필요 없다고 하는 것은 아닙니다. 생각 없이 쾌락만 쫓는 '단순함'은 악덕에 더 가깝다고 보고 있지요. 덕으로서의 단순함은 이런 무질서한 삶과 상관없습니다. 하지만 자신에 대한 과한 성찰과 분석이 오히려 자기중심적이고 폐쇄적인 태도로 이어질 수 있다는 것은 중요한 통찰입니다.

페늘롱은 단순함을 아리스토텔레스 이래로 전통적인 덕의 규정이 된 '중용'의 개념에 따라 다음과 같이 정의합니다.

여름

단순함이란 경솔하지도 않고 부자연스럽게 꾸미지도 않은 그 중간입니다. 단순함을 누리는 영혼은 외적인 것에 끌려다니느라 필요한 자기 성찰마저 하지 못하는 극단을 피하는 동시에, 자신의 탁월함을 확인하느라 전전긍긍하는 자기애로 인해 끝없이 자신을 돌아보는 또 다른 극단도 피하게 됩니다. _「그리스도인의 완전」 325쪽

페늘롱은 참된 단순함을 무엇보다 '영혼의 자유'라고 정의합니다. 영혼의 자유를 방해하는 것에는 부족함에 대한 지나친 자책과 이룬 일에 대한 과한 자긍심 모두가 포함될 것입니다. 페늘롱은 또 다음과 같이 단순한 마음을 가진 사람이 누리는 행복에 대해 인상적으로 묘사하고 있습니다.

초조하게 자신을 돌아보는 것을 끊어버리면 영혼은 설명할 수 없는 자유와 평안을 누리게 되는데, 이것이 바로 단순함입니다. 단순함을 멀리서 바라보면 분명 경이로우리라 생각하기 쉽지만, 실제로 체험해 보아야 그것이 얼마나 넓은 마음을 주는지 알 수 있습니다. …… 이런 순수한 마음을 가지면 행여 다른 사람들에게 거침이

될까 하는 배려에서 조심하는 것 말고는 그들이 우리에 대해 어떻게 생각하는지 더 이상 개의치 않게 됩니다. 그저 지금 이 순간 부드럽고 자유롭고 명랑하게 마음을 기울여 할 수 있는 모든 일을 할 뿐, 성공에 연연하지 않습니다. _같은 책 329쪽

'온전함'에 이르러야

페늘롱이 '단순함'에 대해 이야기하는 내용을 살펴보다 보면 자연스럽게 '단순함'과 '어린이다움'의 유사성을 떠올리게 됩니다. 어린이다움을 찬양한 여러 시인들이 있었지만, 철학자나 영성가나 신학자들에게서 이에 대한 깊은 명상을 만나는 것은 자주 있는 일이 아닙니다.

그런 면에서 비록 그다지 두꺼운 책은 아니지만 어린이다움에 대해 인간적 경험과 성서 말씀의 묵상을 통해 다양한 관점과 통찰을 전해주는 독일의 신학자 하인리히 슈페만(1903-2001)의 저서 『어린이처럼 되지 않으면: 마태오 18,3에 대한 단상들』(윤선아 옮김, 분도출

판사, 1998)은 참 훌륭한 책입니다. 여기에 실린 여러 명상들은 모두 예수님이 어린이들의 '탁월함'에 대해 이야기하는 복음서에 나오는 다음의 유명한 구절에서 출발합니다.

> 내가 진실로 너희에게 말한다. 너희가 회개하여 어린이처럼 되지 않으면, 결코 하늘나라에 들어가지 못한다.
>
> _마태 18,3

슈페만이 제시하는 다양한 명상의 주제들 중에서 특히 '온전함'에 대한 명상이 '단순함'을 올바로 이해하는 데 중요한 관점을 제시하고 있습니다. '단순함'은 결국 존재와 삶과 행위의 온전함과 관련되어 있습니다. 온전함을 추구하는 것은 모든 것이 파편화되고 끊임없이 자기 모순적인 상황과 결정을 마주하는 현대인들에게 매우 중요한 과제이자 바람입니다. 슈페만은 온전함에 대한 묵상을 시작하며 다음과 같이 적고 있습니다.

> 어린이는 자기가 미리 정해놓은 계획이나 이미 지나간 일에 대한 생각에 의해 방해됨이 없이 그때그때 자기 눈

에 들어오는 것에 온 관심을 집중하여 그것을 온전히 자기 안으로 받아들이고자 한다.

이렇게 순전한 눈으로 바라보면 순전한 행동을 하기 마련이다. 순전한 행동이란 자기가 바라보는 것, 자기가 바라보는 사람을 향해 자기를 넘어서는 일이다.

_『어린이처럼 되지 않으면』 45쪽

슈페만을 통해 우리는 단순함이 이러한 온전함의 기초이자 표지인 것을 발견하게 됩니다. 여기서 앞서 살펴본 페늘롱의 명상과도 닿아 있는 점은 자기 자신에 대해 지나치게 집중하기보다는 순수하고 온전한 눈으로 자신에게 다가오는 상대에 진심으로 자신을 개방한다는 점입니다.

이는 자기를 '넘어서는' 경험을 가능하게 하는데, 단순함의 영성이란 자기 안에 갇히고 그 한계 안에서만 생각하고 느끼고 움직이는 것에서 자유로워지는 존재 방식이라는 것을 알 수 있습니다. 슈페만은 또한 이런 태도는 자기 자신을 다른 사람에게 선물인 존재로서 변화시켜 가고 그래서 타인과 진정한 대화를 나누는 길을 찾게 되는 과정을 시작하게 한다고 이야기합니다.

여름

덕으로서의 단순함은 일차원적으로 산다거나 유치하거나 자기중심적이고 편협함을 뜻하는 게 아니라 인격과 인생을 보다 고상하고 높은 방향으로 꾸준히 이끄는 방향성, 집중력과 관련되어 있습니다. 휴가는 이러한 단순함을 흐리고 망각시키는 일상에서의 분주함과 번잡함에서 잠시 벗어나, 마음을 찬찬히 살피거나 타인과 편안하고 자연스러운 대화를 나누거나 또한 자연 속에서 아름다움과 생명력을 느끼며 단순성의 덕이 내 안에 자라나도록 여유를 줄 수 있는 기회입니다.

단순함을 위한 여름의 플레이리스트

음악은 단순함의 덕을 찾는 이들에게 좋은 벗입니다. 단순함에 어울리는 음악을 묻는다면 현대음악의 '미니멀리즘'이 먼저 떠오르는 것은 어쩌면 당연합니다. 필립 글래스(1937-), 스티브 라이히(1936-), 존 아담스(1947-)라는, 미니멀리즘에 있어 결정적인 위치를 차지하는 3명의 미국의 위대한 작곡가들은, 현대음악은 난해하다는 선입견을 허물고 보다 많은 청중과 음악

애호가들에게 현대음악을 만나게 하는 데 큰 기여를 했습니다. 그리고 현대의 주요 정치적 사건, 시대와 대중문화의 아이콘 등으로 현대음악의 주제를 넓히는 데도 큰 역할을 했다고 생각합니다.

이후 시간이 흐르면서 이들의 음악에는 미니멀리즘 기법과 함께 낭만주의적 전통이나 프리 재즈 등 대중음악에서의 전위적인 시도나, 민속음악 등의 다양한 요소들이 결합되는 것을 볼 수 있습니다. 오늘날 클래식과 대중음악의 경계를 넘어서며 중요한 음악의 흐름이 된 '네오 클래식'이나 '네오 로만틱' 등도 청중과의 공감대를 이루며 미니멀리즘이 바탕이 되었다고 생각합니다.

미니멀리즘의 유행 이후 음악 애호가 입장에서 현대음악사에 매우 의미 있는 사건은, 구 동구권을 중심으로 단순함의 미학과 영성을 바탕으로 한 종교적이며 신비주의적인 음악을 작곡하는 대가들이 발견되고 지속적인 명성을 얻은 것입니다. 대표적으로 에스토니아 출신의 아르보 페르트(1935-), 조지아 출신의 기야 칸첼리(1835-2019), 우크라이나의 발렌틴 실베스트로프

(1937-)입니다. 단순함을 경험하고 배우는 여름날에 동반하는 음악의 벗을 찾는다면 이 3명의 작곡가의 음악들을 추천하고 싶습니다.

20세기 후반 재즈 음악의 중요한 흐름을 이루었고, 클래식 음반계에도 신선한 자극이 된 ECM 레코드와 그 창시자 만프레드 아이허(1943-)의 위대한 업적 중 하나가, 이들 음악가를 알아보고 뛰어난 연주와 명상적인 음반 커버, 탁월한 녹음으로 수많은 명반을 제작해 이들 음악의 아름다움에 많은 사람들이 눈뜨게 한 데 있다고 해도 과언이 아닙니다.

미니멀리즘의 요소는 대중음악에도 큰 영향을 미쳤는데, 우리나라에도 많은 팬을 가지고 있는 류이치 사카모토의 음악 역시 그러합니다. 그는 지난 3월 28일(2023년)에 안타깝게 타계했습니다. 그가 여러 해에 걸쳐 암 투병을 하는 동안 내놓은 음반들에 실린 새로운 음악과 예전 음악들의 재해석을 보면 정신성과 내면성, 그리고 단순함의 미학이 높은 경지에 다다른 것을 느끼게 합니다.

그는 미니멀리즘이 오히려 더 깊은 감정에 공명하는 표현 방식이라는 것을 감동적으로 보여주었습니다.

특히, 코로나 팬데믹 기간에 생의 마지막 시기까지 스트리밍으로 공개한 일련의 비공개 연주회 영상은 오랫동안 많은 이들을 위로할 것입니다.

한편으로는 현재 미니멀리즘에 입각한 작곡과 연주에서 매우 활발한 활동을 하고 있는 네덜란드 피아니스트인 제로엔 반 빈이 다섯 장에 걸쳐 류이치 사카모토의 초기부터 지금까지의 대표작을 CD 5장에 녹음한 전집도 담담하면서도 차분하게 그의 단순하면서도 아름다운 선율을 원 없이 즐길 수 있는 음반입니다.

이처럼 좋은 음악이 너무도 많지만, 그래도 단순함 속에 머무는 여름날을 위한 플레이리스트에서 한 곡만을 고른다면, 미국의 위대한 재즈 작곡자이자 피아니스트이며 밴드의 리더인 칼라 블레이(1936-)의 〈육중주(Sextet)〉(1987) 앨범에 실린 '잔디밭(Lawns)'입니다.

칼라 블레이는 재즈 음악의 영역만이 아니라 현대 미국 음악에서 여성으로는 드물게 대표적인 작곡가로 꼽히기도 할 정도로 일찍부터 독자적인 영역을 개척한 인물입니다. 마이크 만틀러, 폴 블레이, 스티브 스왈로

여름

우를 포함해 수많은 당대의 실험적이면서도 뛰어난 재능을 가진 음악인들과의 공동 작업을 통해 전위적인 음악부터 서정적이고 대중적인 음악까지 다양한 음악적 시도를 담은 수많은 명반을 내놓았습니다.

칼라 블레이는 재즈 음악만이 아니라 미니멀리즘, 사무엘 바버의 신낭만주의, 존 케이지 같은 전위음악 등 미국의 현대음악으로부터도 많은 영향을 받은 걸로 알려져 있습니다. 그의 음반 중 〈육중주〉는 아름다운 선율이 담긴 비교적 어렵지 않은 곡이 많아, 비평적 평가와는 별도로 널리 사랑받는 음반입니다. '잔디밭'을 들을 때마다 단순함과 여백이 느껴지고, 따뜻하게 마음을 어루만지는 아름다운 멜로디에 감동하게 됩니다.

칼라 블레이는 이 곡을 2018년에 내한해서 '자라섬 재즈 페스티벌'에서 그의 오랜 파트너인 스티브 스왈로우, 앤디 셰퍼드와 함께 연주했고, 그 영상을 볼 수 있습니다. 팔순이 넘은 위대한 음악가가 반세기 이상 함께 연주해 왔을 가장 신뢰하는 동료들과 함께 이 곡을 연주하는 장면은 형언하기 어려운 감명을 줍니다.

203

고독의

기예

하루키를 읽는 밤

일본의 유명한 소설가 무라카미 하루키는 30대 후반에서 40세가 되는 3년의 시간을 아내와 함께 그리스와 로마에서 보냈는데, 그때의 경험과 심정을 일기로 기록해『먼 북소리』(윤성원 옮김, 문학사상, 2003)라는 여행 에세이를 내놓습니다. 진솔한 만남과 섬세한 문학적인 단상들이 담겨 있어 개인적으로 그의 저서들 중에서 가장 좋아하는 책이기도 합니다. 이 저서에 실린 두 번째 로마 체류기의 한 장에 '오전 3시 50분의 작은 죽음'이라는 제목이 달려 있습니다. 뜬눈으로 홀로 새벽을 맞이하는 이에게 한번 읽어보길 권하고 싶은 글입니다.

하루키는 제목이 암시하듯 새벽이 아직 미처 도달하지 않은 불면의 밤 끝자락에서 예술적 영감과 정신적 각성에 대해 생각합니다. 그는 새벽 서너 시경을 가리키는 '스몰 아워스Small Hours'라는 영어 표현을 언급하며 『위대한 개츠비』의 작가인 미국의 소설가 스콧 피츠제럴드를 떠올립니다.

하루키가 피츠제럴드의 작품을 직접 일본어로 번역하기도 할 정도로 그를 높이 평가하고 일찍부터 영향을 많이 받았다는 사실은 잘 알려져 있습니다. 피츠제럴드는 스몰 아워스를 '영혼의 어둠'이라고 불렀습니다. 화려했지만 고독했던 남자 피츠제럴드를 생각하며 하루키 역시 스몰 아워스에 찾아온 고독을 마주합니다.

스몰 아워스는 '술을 마시기에는 너무 늦고 커피

를 마시기에는 너무 이른' 때이며 음악을 듣기에는 너무 '깊고 조용한' 시간이라는 묘사는 하루키다우며 절묘합니다. 아직 새벽이 도착하기 전이어서 깜깜한 어둠에 싸여 있지만, 밤은 이미 너무 많이 지나가서 잠이 주는 휴식을 기대하기에는 늦었습니다. 창밖을 바라보며 아침이 밝아오는 것을 기다려야 합니다. 그 시간의 마음은 어느 때보다도 예민하기 마련입니다.

'스몰 아워스'는 창작의 압박이 일상이 된 사람들에게는 더 무겁게 다가올 것입니다. 이 시간은 죽음에 대한 명상에 맞닿아 있습니다. 죽음이 나와 무관한 것이 아니라 바로 지금 내 방문을 두드리는 방문객이며, 내가 인생을 바쳐 분투하고 있는 작업이 삽시간에 무로 돌아가 버릴 수도 있다는 인식과 대면합니다.

하루키는 소설을 쓰다 죽음을 맞은 피츠제럴드의 마지막을 떠올립니다. 자신 역시 모든 기력을 다 쏟아서 쓰고 있는 소설이 죽음과 함께 '소멸되어 제로가 되어버리는' 가능성을 상상하며 전율합니다. 그는 떠들썩한 로마 시내조차 침묵과 어둠에 빠져든 이 시각을 이렇게 묘사합니다.

가을

아무런 소리도 들리지 않는다. 조용하고 시선이 미치는 모든 곳이 캄캄하다. 마치 깊은 수렁 밑에 빠진 것처럼, 하늘에는 별도 달도 없다. 하늘은 덮개로 덮힌 것처럼 잔뜩 흐려 있다. _『먼 북소리』 217-218쪽

몸과 정신이 모두 예민해서 자주 '스몰 아워스'와 씨름하던 이 힘겨운 시절에 하루키는 자신의 출세작이라 할 그 유명한 장편소설 『상실의 시대』를 완성했습니다. 그는 창조력과 생의 의지, 절망감과 무기력의 유혹, 그리고 죽음의 예감이 수시로 교차하던 이때의 느낌을 다음과 같이 기억하고 있습니다.

아침이 찾아오기 전의 이 짧은 시각에 나는 이처럼 죽음의 기운이 고조됨을 느낀다. 죽음의 기운이 먼 파도 소리처럼 내 몸을 떨게 하는 것이다. 장편소설을 쓰고 있으면 종종 이런 일이 생긴다. 나는 소설을 쓰는 행위를 통해서 조금씩 생의 깊숙한 곳을 향해 내려간다. 작은 사다리를 타고 한 걸음 또 한 걸음 내려간다. 그러나 그렇게 해서 생의 중심으로 다가가면 다가갈수록 나는 분명하게 느끼게 된다. 그 바로 앞의 어둠 속에서 죽음도

또한 동시에 심하게 고조되고 있다는 것을. _같은 책 221쪽

이는 죽음에 대한 명상이기도 하지만, '고독'이라는 좀처럼 쉽게 정의하기 어려운 복잡한 감정의 본질에 다가선 심경이기도 합니다. 하루키는 이 책의 서문에서 이미, 이 책의 내용을 채우고 있는 이탈리아와 그리스에서 보낸 3년의 시간이 풍성하기도 했지만 그와 그의 아내에게 있어 근본적으로 '고독'한 시간임을 밝히고 있기도 합니다.

고독의 빛과 그림자

고독은 인간이 홀로임을 온 존재로 체험하는 사건입니다. 고독 안에서 여러 감정과 태도가 서로 겹쳐집니다. 인간은 고독할 때 가장 수동적일 수도, 가장 주체적일 수도 있습니다. 체념과 저항, 낙담과 용기, 무기력과 결단, 권태와 창조적 영감이 모두 고독이 보여주는 두 얼굴입니다. 인간은 고독으로 내몰리기도 하지만, 고독을 애써서 얻어내기도 합니다. 고독은 견디어 내

가을

는 것이기도 하고, 누리는 것이기도 합니다. 고독은 인간을 빛나게 하기도, 파괴하기도 합니다. 고독에는 빛과 그림자가 함께 따릅니다.

고독을 언어적으로 단순한 '외로움'과 구분하는 것만으로는 고독의 다양한 결을 제대로 헤아릴 수 없습니다. 고독 앞에서 드러나는 인간 존재의 깊은 갈망을 이해하고 응답해야 합니다. 이러한 '고독의 기예'는 혼자서 온전히 배우기 어려우며, '삶과 사유의 대가'들과 함께 걸어야 합니다. 고독 속에서 숙성되었으며 고독에 대한 깊은 통찰을 전해주는 고전과 명저를 통해 우리는 고독과 대면하는 인생의 고비에서 빛과 길을 발견하기 때문입니다.

작가와 사상가와 예술가에게는 고독이 불행이 아니라 선물입니다. 그들에게는 영감과 몰입이 필요하며 이것은 결정적으로 고독 안에서 주어지기 때문입니다. 홀로 있음과 침묵이 있는 삶의 공간과 시간에서 누리는 고독에 대한 예찬은 고대와 중세 시대의 '관조와 사색의 삶(Vita contemplativa)'이라는 전통 안에 당당히 자리를 차지하고 있었습니다. 움베르토 에코가 소설 『장

미의 이름』(이윤기 옮김, 열린책들, 2022) 서문에서 화자의 입을 빌어 인용하는 다음의 격언은 고독을 축복으로 보는 서양 문화사의 요약이라 할 만합니다.

모든 곳에서 안식을 찾고자 하였건만, 책이 있는 골방보다 더 나은 곳을 발견하지 못했도다.

고대와 중세 시대, 사상과 영성 안에 끊이지 않고 이어진 고독에 대한 동경을 개성과 자아에 눈뜨는 근대인의 문예정신으로 새롭게 조명한 사람이 프랑스의 작가 미셸 드 몽테뉴Michel de Montaigne(1533-1592)입니다. 그가 남긴 위대한 고전 『에세Les Essais』의 첫 번째 권의 서른아홉 번째 장은 '홀로 있음'의 유익에 대한 꼼꼼한 사색에 바쳐집니다.

홀로 있음은 고독을 의미합니다. 우리는 고독이 인간 세계에서 추방당하는 최악의 상황이 아니라 오히려 한 인간이 성숙되고 충만해지는 원천이 되는 가능성으로 봅니다. 홀로 있음이 자유이며 안식처로 여겨지는 것이 그 조건입니다. 원치 않은 고립이 아니라 권리이자 성취이며 자신의 의무를 다한 후 얻게 되는 보

가을

상으로서의 홀로 있음이지요.

이러한 홀로 있음이 주는 고독은 한 인간의 인격과 삶을 완성합니다. 몽테뉴는 홀로 있음의 의미에 눈 뜬 사람은 세상의 허명과 권력, 야망과 탐욕에 이끌리지 않고 세평에 흔들리지 않을 수 있다고 확신합니다. 그에 의하면 홀로 있는 목적은 여가를 누리며 자신이 원하는 삶을 살아가는 것인데, 이는 장소와 직업을 바꾼다고 얻어지는 것이 아니라 마음의 상태가 온전히 홀로 있음을 향할 때만 가능합니다.

몽테뉴는 '궁정'과 '장터'를 벗어난다고 해서, 수도원과 사막으로 간다고 해서 저절로 홀로 있음에 이르는 것은 아니라고 짚어줍니다. 무엇보다 영혼을 풀어놓아주어야 하며 우리를 짓누르는 사슬에서 스스로 벗어나야 한다는 것입니다. 몽테뉴에 따르면 홀로 있음의 가치는 세상을 살아가는 진정한 힘을 다른 이에게 의존해서가 아니라, 우리 자신에게서 얻는 데 있습니다.

몽테뉴는 홀로 있음, 곧 고독의 기예를 글로 예찬한 것만이 아니라 스스로 실천한 사람으로 알려져 있습니다. 보르도 지역의 존경받고 유능한 판사로서, 선친에게 물려받은 장원을 관리해야 하는 지주로서, 정치적 중재重宰로서, 가족을 돌보는 가장으로 아내와 자식들을 위한 자신의 사회적 의무를 충실히 하고 난 후, 그는 미련 없이 '은퇴'를 실천합니다. 돈과 명성과 권력에 대한 욕심을 버리고, 40세가 채 되기 전 공적 지위에서 물러나 자신의 영지에 있는 탑에 기도실과 서재를 만들어 자신만의 홀로 있음의 자리로 삶의 거처를 옮겼습니다. 그는 고독 안에서 자신이 원하는 삶을 살고자 하는 마음을 이렇게 적고 있습니다.

가방을 꾸리자. 친구들에게 일찍 작별 인사를 하자. 우리를 다른 일에 매이게 하고 우리 자신에게 멀어지게 하는 저 악착같은 덫에서 우리를 풀어주자. 그렇게 억센 멍에는 풀어놓고 이제는 이런 것 저런 것을 사랑하되 오직 자신하고만 혼인할 일이다. 다시 말해 다른 것들이 우리 몫이 되게는 하되, 떼어내면 우리 살갗이 벗겨지고 살점이 떨어져 나갈 만큼 강하게 결합되거나 달라붙지는 말아야 한다. 세상에서 가장 큰 일은 자신을 자기 소유로 만들 줄 아는 일이다. 이제 사회에 더 기여할 것이 없으니 사회와 엮인 끈을 풀어야 할 시간이다.

가을

_『에세』1(심민화, 최권행 옮김, 민음사, 2022) 431쪽

몽테뉴가 홀로 있음에 대한 논고의 마지막에 길게 인용한 글은 로마 시대의 스토아 철학자이자 탁월한 문필가이며 비운의 정치가였던 세네카가, 친구인 루킬리우스에게 보낸 유언과도 같은 편지의 일부입니다. 세네카는 홀로 있음은 결코 쉬운 목표가 아니라는 것을 분명히 합니다. 다른 사람과 함께하는 삶에서 수많은 실패와 과오가 있듯이, 끊임없이 자기 자신을 성찰하면서 자신이 행동한 부끄러움을 발견하고 또 스스로에 대한 존중을 배워나가 자신 앞에서 비틀거리지 않고 스스로에 대해 신뢰할 만한 사람이 되도록 도야해야 하는 길이기 때문입니다.

몽테뉴는 고대의 현자들에게서, 진심으로 자신의 내면으로 향하며 자기 자신을 받아들이는 것이야말로 홀로 있음의 참된 의미라는 점을 배우라고 설복합니다. 홀로 있음의 무게를 기꺼이 감당한 몽테뉴는 빛나는 고독의 시간을 얻었습니다. 그는 독서와 여행에 힘을 기울이고, 남에게 보여주고자 하는 허영과 강박에 의한 글쓰기가 아니라 스스로의 삶을 담담히 바라보고

앞서 살아간 지혜로운 이들과의 그윽한 대화이자 먼저 세상을 떠난 영혼의 친구 라 보에시(1530-1563)를 추억하는 작업으로『에세』를 쓰면서 홀로 있는 고독한 시간을 자유롭고 풍요롭게 채워갔습니다.

고독의 연대기

몽테뉴는 근대인의 심성을 미리 열어 보인 선구적인 인물이지만, 그가 홀로 있음과 고독에 대해 취하는 태도는 오히려 고대와 중세의 전통이 높이 평가하고 간직한 고전적 미덕에 속합니다. 오늘날 익숙하게 여겨지는 부정적 정서와 감정으로서의 고독을 이야기하는 것이 아니라 '여가'와 '관조적 삶'이라는 이상적인 '삶의 방식'을 환기시키기 때문입니다.

여기서 고독은 고립과 추방에 의해 어쩔 수 없이 홀로 있음이 아니고 분명한 숙고를 거친 주체적인 선택의 결과입니다. 고독과 관련된 감정 역시 부정적이지 않고 긍정적입니다. 모호하고 우울하며 감당하기 힘든 충동이 아니라, 생각의 명료함과 마음의 평정함

가을

에 닿아 있습니다. 고독이 타인과의 유대와 만남을 단절시키는 것도 아닙니다. 몽테뉴의 예를 보더라도 그는 숱한 여행과 많은 사람들과의 지적 교류를 즐겼으며, 말년에는 심지어 고독에서 태어난 『에세』가 독자들의 사랑을 얻으면서 점점 더 많은 사람들을 염두에 두고 이 저서를 써나갔던 것을 볼 수 있습니다.

타인과의 건강한 교류는 오히려 고독의 시간을 결실 있게 하는 힘을 키워줍니다. 고독은 다른 사람들이 주는 정서적 유대감과 인정, 사회적이고 공적 책임을 다하는 데서 얻는 보람을 모르지 않습니다. 다만, 타인과의 관계에서 채워지지 않는, 더 깊은 차원의 삶의 완성과 행복이 있으며 이를 실현하는 것은 고독을 통해서 가능하다는 것을 아는 것입니다. 고독은 타인과 함께하는 삶의 의미와 한계를 명료하게 보게 하며 그 본질에 더 잘 다가가게 합니다. 고독은 우정의 참 모습과 가치를 알게 하며, 성숙한 우정은 고독의 필요성을 잊지 않습니다.

몽테뉴가 고전을 탐독하며 깨우치고 선택하고 권고하는 고독은 지금 시대에 참으로 절박한 '삶의 기예'

입니다. 타인이 주는 관심에 과하게 집착하고 사회적 인정에 종속적인 현대인들은 고독이야말로 타인과의 관계를 성숙시키는 원천이라는 것을 체험하기 어렵습니다. 우리에게 고독은 차근차근 시도하고 익히고 조형한 주체적 삶의 방식이기보다는 수동적이고 부정적인 정서적 상태이자 속절없이 마주친 힘겨운 사건에 가깝기 때문입니다.

이러한 부정적 정서이자 처해진 상황으로서의 고독의 개념은, 몽테뉴가 서 있는 고대와 중세의 인문적 전통 안에서 발견되는 고독의 예찬과는 아주 다릅니다. 오히려 문화사와 심성사의 관점에서 보자면 낭만주의와 근대성에 그 뿌리를 두고 있습니다.

낭만주의에서 고독은 멜랑콜리(우울)의 정서와 깊이 연결됩니다. 고독은 사회 안에서 정상적으로 생활하는 것을 힘들게 하는 병의 뿌리가 될 수 있지만, 다른 한편으로는 예술적 창조력의 원천이 되기도 합니다. 관습적이고 피상적인 삶에 빠지는 대신에 신과 자연과 우주, 그리고 정신의 초월성으로 향하게 하는 힘입니다. 독일의 화가 카스파르 다비드 프리드리히Caspar David Friedrich(1774-1840)의 작품인 〈해변의 수도사〉와

〈안개 바다 위의 방랑자〉 같은 회화의 걸작을 보면 낭
만주의가 고독이 가진 빛과 그림자에 대해 얼마나 강
렬하게 느끼고 있었는지를 잘 알 수 있습니다.

　　고독이라는 주제가 낭만주의 시대에 사람들을 사
로잡은 것은 예술과 자아의 관계에 대한 갈등과 자각
이 정점에 이르기 때문이었기도 하고, 이성 중심주의
와 산업화, 관료주의와 소비사회, 가속화와 획일화라
는 근대성의 '쇠우리' 막스 베버가 사용한 개념으로 근대사회의
지배적 가치인 합리성이 오히려 사람들의 삶을 억압하는 '우리'와 같
은 기능을 하는 상황을 뜻함가 점차 현실로 드러나기 시작하
는 역사적 과정과도 관련되어 있습니다.
　　계몽 사상가이면서도 인간의 본성에 대한 억압에
대해 선구적인 비판을 제기한 장 자크 루소가 생애 마
지막에 몰두하던 저술이 『고독한 산책자의 몽상』이라
는 것은 상징적입니다. 하지만 고독에 대한 역사적 연
구들은 공통적으로, 낭만주의 시대 고독의 재발견의
결정적 기점으로 스위스의 철학자 요한 게오르크 치머
만Johann Georg Zimmerman(1728-1795)이 1783년과 1784
년 두 해에 걸쳐 순차적으로 출간한 『고독에 관하여』를

꼽습니다. 이 책이 출간되어 수십 년간 지속적으로 반향을 일으킨 사실은 그 시대에 이미 많은 사람들에게 고독이 중요한 문제가 되었다는 것을 보여줍니다.

치머만은 인간 정신에 고독이 필요함과 동시에 이 고독이 멜랑콜리라는 병리적 상태를 초래할 수 있다는 점도 함께 경고합니다. 의사이기도 했던 그에게 '고독'에 대한 탐구는 일종의 '치료' 수단이기도 했습니다. 그는 고독과 은둔의 장점을 잊지 않으면서도 사회에 대해 건강한 소속감을 갖고 의무와 봉사를 하는 삶을 권고합니다. 그러나 근대성이 지배하는 삭막하고 속물적 세계에서 고투하는 '고독한 예술가'에 대한 이상화는 낭만주의와 세기말의 문학과 예술, 그리고 세계 대전 사이의 모더니즘까지 면면히 이어집니다.

한편, 근대정신이 인간의 사고방식과 생활방식을 지배하게 되었을 때, 이에 대해 정당한 저항이 필요하며, 이를 위해 창조적 고독이 예술가나 학자만이 아니라 모든 사람들이 추구하고 익혀야 한다고 확신한 이들도 많았습니다. 근대사회의 여러 그늘 속에서 병든 사람들의 심성을 치유하고 갱신하는 길이 '고독의 기예'에 있다고 본 이들의 직관은 오늘 돌이켜보면 예언적이었습니다. 이러한 선견을 가진 사람들 중 가장 유명한 예를 들자면, 이미 앞서도 소개한 바 있는 미국의 사상가이자 실천가인 헨리 데이비드 소로우일 것입니다. 그의 명저 『월든』은 지금까지도 건강한 고독의 길을 찾는 이에게 큰 영감이 되고 있습니다.

낭만주의 시대 이후 고독에 대한 동경은 문학적, 철학적 주제였지만, 근대사회 의식의 발전과 함께 점차 사회, 경제 문제가 되어갑니다. 먼저 고독할 수 있는 권리와 선택의 자유가 모두에게 주어져 있지 못하다는 것에 대한 뼈저린 자각이 일어납니다. 이 문제에 대해 버지니아 울프(1882-1941)는 1929년에 기념비적인 사회비평적 연설을 남겼습니다. 바로 그 유명한 『자기만의 방』(공경희 옮김, 열린책들, 2022)입니다.

여성이 글을 쓰고 독립하기 위해서는 '연 500파운드의 수입'과 '자기만의 방'이 필요하다는 그의 말은 여성주의를 시작하는 선언이기도 하지만, 자유로운 선택으로서의 고독이 누구에게나 필요한 인간의 권리라는 인식으로 확대해서 적용할 수 있습니다.

그러나 고독할 수 있는 권리만큼이나, 고독하지

않을 수 있는 권리 역시 인간의 삶에는 소중합니다. 경제적 빈곤이나 사회적, 가족적 유대와 관계의 해체, 정서적 공황 상태와 소외된 상황 등에 의해 수많은 사람들이 자기 고립의 상황으로 몰리는 것이 현대의 병리적 현상 중 하나입니다. 강요되거나 무기력하게 휩쓸려가서 도달하게 되는 고독의 상태는 분노와 자괴심, 슬픔과 절망 등 복잡한 감정의 덩어리를 이루고, 쉽게 벗어나기 어려운 삶의 짐이 됩니다.

코로나 팬데믹의 시대를 지내며 사람들이 예전보다 고독에 대해 많은 관심을 가지고 깊이 생각하는 것은 의미 있는 현상입니다. 고립과 고독을 피하기 어려워졌을 때 그 시간을 어떻게 긍정적이고 생산적으로 보낼 수 있을지 고민하면서, 비로소 고독이 가지는 충만한 얼굴을 처음으로 제대로 만나기도 합니다. 깊은 인간적 유대를 SNS가 대신하지 못하는 반면, 오히려 고독을 견뎌내고 창조적으로 변화시키는 사람은 작은 만남 안에서도 의미 있는 말을 나눌 수 있는 능력을 지니게 됩니다.

숙성된 고독이 다른 이들과의 만남의 깊이와 폭을

가을

더해주는 것을 경험하는 것은 삶에 큰 힘이 됩니다. 동시에 감당하지 못할 만한 고독이 인간에게 얼마나 치명적이며 파괴적일 수 있으며, 이러한 원치 않은 고독에서 빠져나올 수 있는 출구를 마련하는 것이야말로 사회의 큰 과제이자 책임이라는 것도 확인합니다.

고독에 대한 책들 또한 시의에 맞게 여럿 출간되었습니다. 라르스 스벤젠의 『외로움의 철학』(이세진 옮김, 청미, 2019), 페이 바운드 알베르티의 『우리가 외로움이라고 부르는 것에 대하여』(서진희 옮김, 미래의 창, 2022), 데이비드 빈센트의 『낭만적 은둔의 역사』(공경희 옮김, 더퀘스트, 2022), 그리고 재커리 시거가 엮은 『어떤 고독은 외롭지 않다』(박산호 옮김, 인플루엔셜, 2022) 같은 좋은 책들을 읽다 보면 폭넓은 시각으로 '고독의 연대기'를 그려볼 수 있습니다.

고독과 독서는 큰 친화력을 지니며, 혼자서 조용히 책을 꺼내 읽는 행위 자체가 고독을 초대하는 것입니다. 독서를 통해 고독에 '관해' 조금 더 넓고 깊게 배우는 것은 고독의 기예를 '실제로' 익히고 살아가는 유익한 준비입니다. 고독의 다양한 얼굴을 알아보게 도와주는 이런 책들을 읽다가, 젊은 시절 고독을 인생의 벗으로 삼을 용기를 주었던 책 한 권을 떠올립니다. 신학교에 입학해서 갓 스무 살이 되어 읽었던 헨리 나우엔 신부의 『영적 발돋움』(이상미 옮김, 두란노, 2022)입니다. 그때보다는 고독의 빛과 그림자 모두를 좀 더 알게 된 나이이지만, 인생의 길이란 '외로움'에서 '고독'으로 옮겨가는 여정이라는 그의 말은 여전히 따스하며 고개를 끄덕이게 합니다.

'골드베르크 변주곡'과 행복한 고독

고독의 빛과 그림자를 생각하면서 요한 제바스티안 바흐의 건반악기 명곡 〈골드베르크 변주곡(바흐 작품번호 988)〉(1741)을 떠올리는 것은 캐나다의 피아니스트 글렌 굴드Glenn Gould(1932-1982) 때문입니다.

피아노 음악을 좋아하는 사람들에게 오늘날 골드베르크 변주곡은 손꼽히는 인기곡입니다. 연주자에게는 베토벤의 소나타나 브람스의 변주곡만큼이나 깊이 있는 음악성을 평가받는 시금석과 같습니다. 피아노 연주와 하프시코드, 쳄발로 등의 바흐 시대 원전 악기만이 아니라 실내악 편곡 및 재즈 풍의 연주 등 여러 다양하고도 이채로운 시도를 포함해 골드베르크 협주곡을 각기 훌륭하게 해석한 수백 장의 음반이 숲을 이룹니다. 그럼에도 20세기 중반 이후 바흐의 골드베르크 협주곡을 언급할 때는 언제나 그 중심에는 글렌 굴드의 이름이 있습니다.

바흐가 〈안나 막달레나 바흐를 위한 음악수첩〉에서 가져온 아름답고 장중한 '아리아'로 시작해 서른 개의 변주곡과 다시 처음의 선율을 들려주는 '아리아 다 카포'로 끝을 맺는 이 곡에는 작곡의 유래와 곡의 양식에 관해 흥미 있는 여러 학설이 있어 관심 있는 사람이라면 한번쯤 꼼꼼히 살펴보게 됩니다.

또한 오랫동안 연주되지 않았던 이 곡을 철저히 연구하고 피아노에 밀려 사라지다시피 한 쳄발로를 복원해서, 골드베르크 변주곡의 위대함을 사람들이 알아보게 했던 폴란드의 음악 학자이자 피아노와 쳄발로 연주자였던 반다 란도프스카(1879-1959)의 생애와 업적, 특히 그가 1933년과 1945년 두 차례에 걸쳐 쳄발로로 녹음한 골드베르크 변주곡의 녹음은 이 곡과 관련해 오래 기억될 가치가 있습니다.

하지만 작곡자 바흐만큼이나 많이 언급되는 1955년과 1982년 두 번에 걸쳐 녹음, 발매된 글렌 굴드의 골드베르크 변주곡 음반은 지금도 '현상'이자 '전설'로 칭할 정도로 현대 클래식 음반 역사에서 가장 유명한 음반 중 하나이며, 결코 처음부터 대중적이지 않았던 골드베르크 변주곡이 대중들도 사랑하는 명곡으로 자리 잡는 데 결정적인 계기가 되었습니다.

굴드가 녹음한 골드베르크 변주곡 음반은 이 드문 천재 피아니스트가 이십대 초반에 내놓은 충격적 데뷔 음반과, 오십 세라는 아까운 나이에 세상을 떠난 그해 발매된 유작 음반, 이렇게 두 개의 녹음이 있습니다. 그의 죽음은 갑작스런 뇌졸중의 결과였기에 결코 유언처럼 두 번째 음반을 준비한 것은 아니었지만, 이 우연은 이 음반들에 그 해석의 탁월함 이상으로 문학적인 후광을 준 것도 사실입니다.

천재이자 기인으로 알려졌고 '르네상스적'인 교양과 최신 음향 기술에 깊은 관심을 가졌던 글렌 굴드는 콘서트 피아니스트로서 최고의 위치에서 벗어나 일찌

감치 청중 앞에서의 공연을 그만두고 음반으로만 연주를 하기로 결심합니다. 이 때문에 대중이 그를 고독과 은둔의 표상으로 여기게 되었고, 그에 대한 오해와 전설은 점점 더 커지는 계기가 됩니다.

클래식 피아니스트에게는 드물게 그에 관한 여러 편의 다큐멘터리와 영화가 만들어지기도 했고, 책도 쓰였습니다. 심지어 현대 문학을 대표하는 오스트리아의 거장 중 한 명인 토마스 베른하르트(1931-1989)는 1983년에 글렌 굴드의 천재성과 그에 따른 '파괴적' 영향력을 소재로 해서 뛰어난 소설『몰락하는 자』(박인원 옮김, 문학동네, 2011)를 쓰기도 했지요.

글렌 굴드가 드물게 보는 음악적 천재라는 것에는 의문의 여지가 없지만, 그의 기인으로서의 일화들은 대중 매체들 때문에 과장된 면이 있을 것입니다. 그러나 매우 높은 예술적 기준을 가진 음악가이자, 한 인간으로서 섬세한 기질을 가진 굴드는 고독이 주는 창조력과 안정감을 절대적으로 필요로 한 동시에 타인과 교류하고 싶은 갈망으로 인해 남다르게 강한 갈등을 빚어낸 것은 사실입니다. 이는 종종 남들이 이해하기 힘든 태도로 표출되었습니다.

독보적인 업적을 남겼고 남다른 인생을 산 예외적 인물이었지만, '천재의 의무'를 안고 살아간 글렌 굴드 는 '고독'이라는 이름 아래 연민과 공감을 갖게 하는 인 물입니다. 최근에 우리나라에 번역된 글렌 굴드에 대 한 방대한 전기『뜨거운 얼음: 글렌 굴드의 삶과 예술』 (케빈 바자나 지음, 진원 옮김, 마르코폴로, 2022)을 읽으며 글 렌 굴드의 음악과 생애, 그가 활동하던 시대적 상황과 알려지지 않았던 인간관계들에 대해 많은 것을 새롭게 알게 되고 그를 더 가깝게 느끼게 되었습니다.

하지만 가장 인상적인 것은 그에게 빛이자 어둠이 었던 '고독'의 문제였습니다. 그가 고독에 대해 가진 태 도에 각별히 관심을 가지고 제법 두꺼운 이 전기를 끝 까지 읽어가면서 때로는 감탄하고 때로는 안쓰러운 마 음이 들었습니다. 그리고 '행복한' 고독을 만들어 가는 것이야말로 우리 모두에게 보편적인 인생의 과제라는 사실을 깊이 생각하게 되었습니다.

굴드는 유명세를 즐기는 유형의 사람은 아니었지 만, 음악적 성과와 삶의 방식에 대해 가까운 이들의 조 건 없는 인정과 지지를 필요로 했던 사람이었습니다. 그러기에 종종 자기 자신이 초래한 고독과 관계의 단

절을 깨려 노력하기도 했지만 매우 서툴렀기에 힘겨워
하는 순간들이 많았습니다. 그럼에도 그는 자신의 예
술이 고독 없이 열매를 맺을 수는 없다는 확신을 뼛속
까지 가지고 있었습니다. 바자나가 전해주는 굴드의
다음과 같은 말은 고독이 굴드에게 무엇을 의미했는지
를 한마디로 요약합니다.

고독은 창의성을 길러준다. 사람들과 함께 있으면 그것
이 흩어져버린다. _『뜨거운 얼음 : 글렌 굴드의 삶과 예술』 463쪽

바자나는 굴드가 언젠가 기차에서 만난 자신의 팬
한 명으로부터 나쓰메 소세키의 매우 담백하며 독특한
소설인 『풀베개』(송태욱 옮김, 현암사, 2013)를 알게 되고
평생 이 책을 좋아했다는 재미있는 일화를 전해줍니
다. 굴드는 예술을 위한 예술이 아니라 도덕적, 윤리적
이며 영적인 차원으로 향하는 예술을 지향했다고 하는
데, 그런 그는 이 소설에서 일체의 과장과 허영과 화려
함이 없는 이상적인 예술가이자 지성인의 모범을 보았
는지도 모릅니다.

바자나는 이 책에 대한 굴드의 평도 전해주고 있

는데, 굴드는 『풀베개』가 초연한 삶과 사회적 의무 사이의 충돌을 주제로 삼고 있는 것으로 보았던 것 같습니다. 사실 이에 대해서는 거창한 개념을 사용할 필요도 없을 것이고, 우리 인생이 쉽지 않은 이유라는 것은 누구나 알 것입니다. 사실 나쓰메 소세키는 이 소설의 첫 구절에서 그러한 기본적인 삶의 인식을 약간은 체념의 어조로 전해줍니다.

> 산길을 오르면서 이런 생각을 했다.
> 이지理智만을 따지면 타인과 충돌한다. 타인에게만 마음을 쓰면 자신의 발목이 잡힌다. 자신의 의지만 주장하면 옹색해진다. 여하튼 인간 세상은 살기 힘들다.
> _『풀베개』 15쪽

'행복한' 고독은 쉽지 않은 과제이지만, 그만큼 보람 있는 삶의 길이라고 생각합니다. 굴드가 연주하는 바흐의 〈골드베르크 변주곡〉을 들으며, 조금씩 내 안에 '고독의 기예'가 자라나길 희망해 봅니다.

함께하면 좋은

책

&

음악
♫

세잔의 그림이 있는 여름이라면

📖

- 라이너 마리아 릴케, 『아내에게 보내는 편지─세잔에 관하여』, 옥희종 옮김, 가갸날, 2021
- 페터 한트케, 『세잔의 산, 생트빅투아르의 가르침』, 배수아 옮김, 아트북스, 2020
- 에밀 베르나르, 『세잔느의 회상』, 박종탁 옮김, 열화당, 1995
- 전영백, 『세잔의 사과』, 한길사, 2021

🎵

- 리하르트 바그너Richard Wagner, ⟨Wagner Extracts from the Operas⟩(바그너 관현악 작품집, 지휘: 빌헬름 푸르트뱅글러Wilhelm Furtwängler), EMI Classics, 2004(1954, 1955년 음원, 1971년 편집 출반, 2004년 재출반)

- 크리스티안 틸레만Christian Thielemann, 〈My Wagner Album〉 (나의 바그너 앨범, 2CD), A Universal Music Company, 2013(* 낭만파 음악 지휘에서 우리 시대를 대표하는 지휘자인 크리스티안 틸레만이 자신이 존경하고 좋아하는 과거의 바그너 명연주 음반에 서 선정한 연주들을 모은 편집음반. 빌헬름 푸르트뱅글러의 〈탄호 이저 서곡〉 연주도 포함되어 있음.)

스팅, 삶을 일으키는 결심

📕
- 김행숙, 『무슨 심부름을 가는 길이니』, 문학과지성사, 2020
- 조지 스타이너, 『가르침과 배움』, 서커스, 2021
- 알랭, 『알랭의 행복론』, 디오네, 2016

🎵
- 스팅Sting, 〈...Nothing Like the Sun〉, A&M Records, 1987
- 김윤아, 4집 〈타인의 고통〉, 인터파크 / 뮤직 앤 뷰, 2016

호메로스를 권하는 여름

📕
- 호메로스, 『일리아스』, 천병희 옮김, 숲, 2015

- 호메로스, 『오뒷세이아』, 천병희 옮김, 숲, 2015
- 실뱅 테송, 『호메로스와 함께하는 여름』, 백선희 옮김, 뮤진트리, 2020
- 시몬 베유, 『일리아스 또는 힘의 시』, 이종용 옮김, 리시올, 2021

🎵

- 엘레니 카라인드루Eleni Karaindrou, 〈Ulysses' Gaze〉(율리시스의 시선), ECM, 2000
- 엘레니 카라인드루, 〈Trojan Women〉(트로이의 여인), ECM, 2002
- 엘레니 카라인드루 〈Elegy of the Uprooting〉(뿌리 뽑힘의 애가), ECM, 2006

'덕'을 수확하는 가을에 제인 오스틴

📚

- 제인 오스틴, 『오만과 편견』, 고정아 옮김, 시공사, 2016
- 제인 오스틴, 『이성과 감성』, 김순영 옮김, 펭귄클래식코리아, 2017
- 제인 오스틴, 『맨스필드 파크』, 김영희 옮김, 민음사, 2020
- 제인 오스틴, 『엠마』, 윤지관, 김영희 옮김, 민음사, 2012
- 제인 오스틴, 『노생거 사원』, 조선정 옮김, 을유문화사, 2015
- 제인 오스틴, 『설득』, 전신화, 원영선 옮김, 문학동네, 2010
- 커렌 조이 파울러, 『제인 오스틴 북클럽』, 한은경 옮김, 민음사, 2006

- 존 스펜스, 『제인 오스틴 : 세상의 모든 사랑의 시작과 끝』, 송정은 옮김, 청림출판, 2007
- Janet Todd, *The Cambridge Introduction to Jane Austen*, Cambridge Univ. Press, 2015
- Sarah Emsley, *Jane Austen's Philosophy of the Virtues*, Palgrave macmillan, N.Y., 2005

♫
- 다리오 마리아넬리Dario Marianelli, 〈Pride & Prejudice〉 O.S.T., Decca Records, 2005
- 제랄드 핀치Gerald Finzi, 〈The Best of Finzi〉, Naxos, 2008(*수록곡: Clarinet Concerto, Dies natalis, Eclogue, Cello Concerto, Intimation of Immortality, Let us Garlands bring, 다양한 연주자들의 연주 편집 음반)

멜랑콜리를 위로하는 현대음악

📖
- 김동규, 『멜랑콜리아』, 문학동네, 2014
- 레기날트 링엔바흐, 『하느님은 음악이시다』(분도소책 41), 김문환 옮김, 분도출판사, 1988

♫
- 막스 리히터Max Richter, 〈The Blue Notebooks〉, FatCat Records, 2004 / Deutsche Grammophon reissue, 2014

- 요한 요한손Jóhann Jóhannsson, 〈Arrival〉 O.S.T., Deutsche Grammophon, 2016
- 요한 요한손, 〈Englabörn & Variations〉, Deutsche Grammophon, 2018
- 엘렌 그리모Hélène Grimaud, 〈The Messenger〉(발렌틴 실베스 트로프와 모차르트의 작품들), Deutsche Grammophon, 2022

브람스와 말러, 인생의 엄숙함을 위한 좋은 벗

📚
- 라이너 마리아 릴케, 『기도시집』, 김재혁 옮김, 세계사, 1992
- 이성일, 『브람스 평전』, 풍월당, 2017
- 옌스 말테 피셔, 『구스타프 말러』 1,2, 이정하 옮김, 을유문화사, 2018
- 노승림, 『말러』, 아르테, 2023

🎵
- 요하네스 브람스, 〈4개의 엄숙한 노래(Op.121)〉
- 디트리히 피셔 디스카우Dietrich Fischer-Dieskau, 〈Dietrich Fischer-Dieskau sings Johann Sebastian Bach & Johannes Brahms〉, Profil, 2006
- 캐슬린 페리어Kathleen Ferrier, 〈Kathleen Ferrier – Brahms, Mahler, Gluck〉(캐슬린 페리어를 추모하며 2집), Praga, 2014
- 구스타프 말러, 〈교향곡 5번〉, 베를린 필Berliner Philharmoniker(지휘: 클라우디오 아바도Claudio Abbado), Deutsche

Grammophon, 1993
- 구스타프 말러, 〈교향곡 9번〉, 베를린 필(지휘: 클라우디오 아바도, 1999년 실황녹음), Deutsche Grammophon, 2002
- 구스타프 말러, 〈대지의 노래(Das Lied von der Erde)〉, 비엔나 필(지휘: 브루노 발터Bruno Walter, 독창자: 캐슬린 페리어, 율리우스 파차크Julius Patzak), Decca, 1952(reissue 2000)

겨울, 영원을 향해

📖
- 플라톤, 『향연』, 강철웅 옮김, 아카넷. 2020
- 주 샤오메이, 『마오와 나의 피아노』, 배성옥 옮김, 종이와나무, 2017

🎵
- 베토벤, 〈장엄미사(미사 솔렘니스)〉
- 〈Beethoven Missa Solemnis〉, 콘첸투스 무지쿠스 빈Concentus Musicus Wien(지휘: 니콜라우스 아르농쿠르Nikolaus Harnoncours), Sony Classical, 2016
- 〈Arthuro Toscanini conducts Beethoven〉(베토벤 교향곡 전곡, 장엄미사, 에그몬트 서곡, 6CD), NBC 교향악단(지휘: 아르투로 토스카니니Arthuro Toscanini), RCA, 2016(1953년 녹음)
- 베토벤, 〈후기 현악 사중주〉
- Beethoven, 〈String Quartets & Violin Sonatas / Streichquartette & Violinsonaten〉(5 LP Box-Set), Busch Quartet(Adolf Busch violin/ Ru-

dolf Serkin, 1932-1937 녹음, His Master's Voice), EMI Electrola, 1985

- 알반 베르크 현악 사중주단Alban Berg String Quartet, ⟨Beethoven, The Late String Quartets⟩(3CD), EMI Records, 1993(Warner Classics reissue 2005)

- 에머슨 현악 사중주단Emerson String Quartet, ⟨Beethoven The Late String Quartets⟩(3CD), Deutsche Grammophon, 2003

• 베토벤, ⟨후기 피아노 소나타⟩

- 마우리치오 폴리니Maurizio Pollini, ⟨Beethoven Die späten Klaviersonaten⟩(2CD), Deutsche Grammophon, 1998

- 이고르 레비트Igor Levit, ⟨Beethoven The Late Piano Sonatas⟩(2CD), Sony Classical, 2016

⟨기생충⟩이 일깨우는 '마음을 아는 사유'

♫

• 정재일, ⟨기생충(Parasite)⟩ O.S.T., 스톤뮤직 엔터테인먼트, 2020

• Steven Wilson, ⟨The Raven That Refused to Sing⟩, Kscope, 2013

• Steven Wilson, ⟨Hand. Cannot. Erase⟩, Kscope, 2015

• Steven Wilson, ⟨To the Bone⟩, Virgin, 2017

• Steven Wilson, ⟨홈 인베이젼Home Invasion⟩(2CD + 1 Blueray), Eagles Records, 2018

♪

- 헤르베르트 폰 카라얀Herbert von Karajan, 〈Tchaikovsky: Symphonies Nos. 4-6〉(차이콥스키 교향곡 4-6번), 베를린 필(지휘: 헤르베르트 폰 카라얀), Deutsche Grammophon, 1976(1999 reissue)

- 예브게니 므라빈스키Evgeny Mravinsky, 〈Tchaikovsky Symphonies Nos. 4,5 & 6 "Pathetique"〉(차이콥스키 교향곡 4-6번), 레닌그라드 필(지휘: 예브게니 므라빈스키), Deutsche Grammophon, 1961(2006 reissue)

- 마리스 얀손스Mariss Jansons, 〈Tchaikovsky Symphony No.6 'Pathetique'〉, Oslo Philharmonic Orchestra, Chandos, 2006

- 차이콥스키 〈교향곡 6번〉, 무지카에테르나MusicaAeterna(지휘: 테오도르 쿠렌치스Teodor Currentzis), Sony Classical, 2017

- 차이콥스키 〈교향곡 6번〉, 베를린 필(지휘: 키릴 페트렌코Kirill Petrenko), Berliner Philharmoniker Records, 2019

- 블라디미르 호로비츠Vladimir Horowitz, 〈브람스 피아노 협주곡 2번 / 차이콥스키 피아노 협주곡 1번〉, NBC 교향악단(지휘: 아르투로 토스카니니), RCA, 1940(브람스), 1943(차이콥스키), 2005(합본 reissue)

- 스비아토슬라프 리히터Sviatoslav Richter, 〈라흐마니노프 피아노 협주곡 2번 / 차이콥스키 피아노 협주곡 1번〉, 빈 심포니(지휘: 헤르베르트 폰 카라얀), Deutsche Grammophon, 1959(라흐마니노프), 1963(차이콥스키), 1995(합본 reissue)

- 마르타 아르헤리치Martha Argerich, 〈라흐마니노프 피아노 협주

곡 3번 / 차이콥스키 피아노 협주곡 1번〉, 바이에른 방송 교향악단, Philips, 1980(차이콥스키, 지휘: 키릴 콘드라신Kirill Kondrashin) / Decca, 1982(라흐마니노프, 지휘: 리카르도 샤이Riccardo Chailly)/ Philips, 1995(합본 reissue)

- 암스테르담 신포니에타Amsterdam Sinfonietta, 〈Tchaikovsky: Souvenir de Florence / Verdi: String Quartet〉(차이콥스키: 플로렌스의 추억), Channel Classics, 2006

- 피터 비스펠베이Pieter Wispelwey, 〈Stravinsky / Tchaikovsky / C.P.E Bach : Rococo〉(비스펠베이의 로코코), EPR Classic 2015

메리 올리버, 봄의 질문

- 메리 올리버, 『기러기』, 민승남 옮김, 마음산책, 2021

- 월트 휘트먼, 『풀잎』, 허현숙 옮김, 열린책들, 2011

- 랄프 왈도 에머슨, 『자연』, 서동석 옮김, 은행나무, 2014

- 랄프 왈도 에머슨, 『자기신뢰』, 이종인 옮김, 현대지성, 2021

- 제임스 밀러, 『성찰하는 삶』, 박중서 옮김, 현암사, 2012

- 헨리 데이비드 소로우, 『월든』, 강승영 옮김, 은행나무, 2011

- 로버트 리처드슨, 『헨리 데이비드 소로: 자연의 순례자』, 박정태 옮김, 굿모닝북스, 2021

- Robert D. Richardson, Three Roads Back: *How Emerson, Thoreau and William Janes responded to the greatest losses of their Lives*, Princeton Univ. Press, 2023

🎵

- 프레드 허쉬 앙상블Fred Hersch Ensemble, 〈Leaves of Grass〉, Palmetto, 2005
- Orpheus Chamber Orchestra, 〈A Set of Pieces〉, Music by Charles Ives, (*〈대답없는 질문〉(The Unanswered Question) 수록), Deutsche Grammophon, 2005
- 마르크 앙드레 아믈랭Marc-André Hamelin(피아노), 〈Ives: Concord Sonata / Barber: Piano Sonata〉, Hyperion, 2006

불안의 시대와 레너드 번스타인

📕

- 쇠엔 키르케고르, 『불안의 개념』, 임규정 옮김, 한길사, 1997
- 클레어 칼라일, 『마음의 철학자』, 임규정 옮김, 사월의 책, 2022
- 알랭 드 보통, 『불안』, 정영목 옮김, 은행나무, 2011
- 알랭 드 보통, 『철학의 위안』, 정명진 옮김, 청미래, 2012
- 지그문트 바우만, 『액체현대』, 이일수 옮김, 필로소픽, 2022
- 이자벨라 바그너, 『지그문트 바우만』, 김정아 옮김, 북스힐, 2022

🎵

- 레너드 번스타인Leonard Bernstein, 〈Mass- A Theatre Piece for Singers, Players and Dancers〉, 필라델피아 오케스트라(지휘: 야닉 네제 세갱Yannic Nézet-Séguin), Deutsche Grammophon, 2018
- 레너드 번스타인, 〈Symphony No.2 "The Age of Anxiety"〉(교향

곡 2번, 불안의 시대), 베를린 필(지휘: 사이먼 래틀Simon Rattle, 피아노: 크리스티안 지메르만Krystian Zimmerman), Deutsche Grammophon, 2018

모든 것은 지나간다

♫

- George Harrison, 〈All things must pass〉(2CD), Capitol, 1970(3CD, 50th Anniversary Delux Version 2021).
- George Harrison and Friends, 〈The Concert For Bangladesh〉, Capitol, 1971

기억과 대화하는 법

📕

- 자카리아스 하이에스, 『별이 빛난다』, 최대환 옮김, 가톨릭출판사, 2019
- 마르셀 프루스트, 『잃어버린 시간을 찾아서』, 1-13, 김희영 옮김, 민음사, 2022년(완간)
- 헤시오도스, 『신들의 계보』, 천병희 옮김, 숲, 2009
- 플라톤, 『메논』, 이상인 옮김, 아카넷, 2019
- 플라톤, 『소크라테스의 변론/크리톤/파이돈』, 천병희 옮김, 숲, 2017
- 플라톤, 『국가』, 박종현 옮김, 서광사, 2005

• 아우구스티누스, 『고백록』, 성염 옮김, 경세원, 2016

🎵
• 윤하, 〈YOUNHA 6th Album Repackage 'END THEORY : Final Edition〉, 카카오엔터테인먼트, 2022
• 존 프라인John Prine, 〈The Tree of Forgiveness〉, Ohboy Records, 2018

'여가'의 철학 안으로

📚
• 성 베네딕도, 『베네딕도-수도 규칙』, 이형우 옮김, 분도출판사, 2000
• 프리도 릭켄, 『고대 그리스 철학』, 김성진 옮김, 서광사, 2000
• 요셉 피퍼, 『여가와 경신』, 김진태 옮김, 가톨릭대학교출판부, 2011
• 에디스 홀, 『열번의 산책』, 박세연 옮김, 예문아카이브, 2020
• 전숭규, 『세상이라는 제대 앞에서』, 에체, 2023
• Kostas Kalimtzis, *An Inquiry into the Philosophical Concept of Scholē*, Bloomsbury, 2017
• Andrea Wilson Nightingale, *Spectacles of Truth in Classical Greek Philosophy*, Cambridge Univ. Press, 2004

🎵
• 토마스 루이스 데 빅토리아Tomas Luis de Victoria 〈Passion :

Officium Hebdomadae Sanctae〉(성삼일을 위한 성무일도)
(3CD), La Capella Reial de Catalunya, Hespèrion XXI(지휘: 조
르디 사발Jordi Savall), Alia Vox, 2021

단순함을 찾아서

📖

- 마쓰오 바쇼, 『바쇼의 하이쿠』, 유옥희 옮김, 민음사, 2020
- 마쓰오 바쇼, 『바쇼의 하이쿠 기행』, 김정례 옮김, 바다출판사, 2008
- 레너드 코렌, 『그저 여기에 와비사비(わび・さび / 侘・寂)』, 박정훈 옮김, 안그라픽스, 2019
- 프랑수아 드 페늘롱, 『텔레마코스의 모험』, 김중현 옮김, 책세상, 2007
- 프랑수아 드 페늘롱, 『그리스도인의 완전』, 최애리 옮김, 복있는사람, 2022
- 하인리히 슈페만, 『어린이처럼 되지 않으면: 마태오 18,3에 대한 단상들』, 윤선아 옮김, 분도출판사, 1998

🎵

- 필립 글래스Philip Glass, 〈Philip Glass – Piano Works〉(피아노: 비킹구르 올라프슨Vikingur Ólafson), Deutsche Grammophon, 2017
- 스티브 라이히Steve Reich, 〈The ECM Recordings〉(3CD), ECM, 2016

- 존 아담스John Adams, Berliner Philharmoniker / John Adams, 〈The John Adams Edition〉(4CD), Berliner Philharmoniker Records, 2017
- 아르보 페르트Arvo Pärt, 〈Alia〉, ECM, 1999
- 기아 칸첼리Giya Kancheli, 〈Themes from the Songbook〉, ECM, 2010
- 발렌틴 실베스트로프Valentin Silvestrov, 〈Bagatellen und Serenaden〉, ECM, 2007
- 류이치 사카모토Ryuich Sakamoto, 〈12〉, Avex, 2023
- 류이치 사카모토, 〈Playing the Piano 12122020〉, C&L, 2020
- 류이치 사카모토, 〈Three〉, C&L, 2012
- 제로엔 반 빈Jeroen van Veen(piano), 〈Sakamoto For Mr. Lawrence〉(5CD), Brillant Classics, 2019
- 칼라 블레이Carla Bley, 〈Sextet〉, Watt/ECM, 1987
- 칼라 블레이, 〈Go Together〉, Watt/ECM, 1993
- 칼라 블레이, 〈Life Goes On〉, ECM, 2020

고독의 기예

- 무라카미 하루키, 『먼 북소리』, 윤성원 옮김, 문학사상, 2003
- 움베르토 에코, 『장미의 이름』(합본판), 이윤기 옮김, 열린책들, 2022
- 미셸 몽테뉴, 『에세』 1-3, 심민화, 최권행 옮김, 민음사, 2022
- 장 자크 루소, 『고독한 산책자의 몽상』, 김중현 옮김, 한길사, 2007
- 버지니아 울프, 『자기만의 방』, 공경희 옮김, 열린책들, 2022

- 라르스 스벤젠,『외로움의 철학』, 이세진 옮김, 청미, 2019
- 페이 바운드 알베르티,『우리가 외로움이라고 부르는 것에 대하여』, 서진희 옮김, 미래의 창, 2022
- 데이비드 빈센트,『낭만적 은둔의 역사』, 공경희 옮김, 더퀘스트, 2022
- 재커리 시거,『어떤 고독은 외롭지 않다』, 박산호 옮김, 인플루엔셜, 2022
- 헨리 나우웬,『영적 발돋움』, 이상미 옮김, 두란노, 2022
- 폴 킬데아,『쇼팽의 피아노』, 배인혜 옮김, 만복당, 2022(*쇼팽이 마요르카 시절에 사용하던 피아노의 흥미로운 역사가 중요 소재이지만, 또한 쇼팽과 조르주 상드의 복잡한 관계, 쇼팽의 〈전주곡집〉 해석사 등에 대한 흥미로운 이야기가 전개된다. 특히 후반부는 20세기 바흐 건반악기 연주사에 결정적 기여를 한 란도프스카에 대해 그동안 궁금했던 전기적, 음악적 내용들을 명료하게 풀이해 주고 있다.)
- 토마스 베른하르트,『몰락하는 자』, 박인원 옮김, 문학동네, 2011
- 케빈 바자나,『뜨거운 얼음 : 글렌 굴드의 삶과 예술』, 진원 옮김, 마르코폴로, 2022
- 나쓰메 소세키,『풀베개』, 송태욱 옮김, 현암사, 2013

🎵

- 글렌 굴드Glenn Gould, 〈A State of Wonder : The Complete Goldberg Variations 1955 & 1981〉, Sony Classical, 2020
- 완다 란도프스카Wanda Landowska, 〈Wanda Landowska Plays Bach Mozart Händel Scarlatti Rameau〉 (10CD), Profil, 2020(*녹음연도 1933-1954)

인생의 어느 순간에는 밥보다 더 중요한 것이 있습니다.
'밥보다 시리즈'는 허기진 정신을 채워
오롯한 나로 살아가는 데 필요한 이야기를 차려냅니다.

밥보다 일기
서민 교수의 매일 30분, 글 쓰는 힘

서민 지음 | 264쪽 | 15,000원

밥보다 책
일상이 허기질 때 '책 소믈리에' 김은령 편집장의
책책책 책 이야기

김은령 지음 | 260 | 15,000원

밥보다 재즈
〈재즈피플〉 김광현 편집장이 엄선한
아름다운 교양의 시작, 1일 1재즈 스탠더드 듣기

김광현 지음 | 212쪽 | 15,000원

• 2021 학교도서관저널 청소년추천도서

밥보다 여행
20대 딸의 홀로 서기를 응원하며 함께 떠난,
275일간의 세계 일주, '노마드 모녀여행'

이상정 지음 | 288쪽 | 15,500원

밥보다 등산
내일이 불안해 오르고 또 오른,
어느 서점 PD의 서른 해 등산 일기

손민규 지음 | 244쪽 | 15,000원

밥보다 진심
내 마음 모를 때, 네 마음 안 보일 때
서울대병원 김재원 교수의 52개 진짜 마음 사용 설명서

김재원 지음 | 224쪽 | 15,000원

• 2022 세종도서 교양부문 선정